Le recul du bélier

Guillaume Opely Gadji

Le recul du bélier

Roman

LE LYS BLEU
ÉDITIONS

ISBN : 979-10-377-4949-9

Chapitre 1

Il se réveilla, suant à grosses gouttes. Un cauchemar. Un de ceux qui vous interdisent de fermer les yeux à nouveau.

3 h 15. Il se leva lourdement et se dirigea vers la salle de bain pour se laver la bouche, comme s'il devait se rendre à son bureau.

Dans quarante jours, il quitterait San Pedro, cette belle petite ville et son port maritime, puis son pays, son village natal, la terre de ses ancêtres, pour ailleurs. Un ailleurs qu'il ne connaissait qu'à travers les gros titres de journaux relatant les drames de ses semblables, de ceux qui n'ont pas su apprivoiser l'étoile de leur vie d'adolescent.

Certains étaient morts, noyés dans un océan avide de nourrir ses carnassiers. Les plus chanceux avaient débarqué, frigorifiés, sur les côtes de l'Eldorado. Et les « bénis de Dieu » s'étaient évaporés dans la nature, à la merci d'employeurs véreux ; mais ça, ils ne pouvaient pas le savoir.

Ces images de corps sans vie ou mutilés l'angoissaient.

Lui aussi, « enfant espoir » de sa famille, celui en qui une tribu entière voyait le Sauveur, pouvait finir dans l'antre d'un requin ou être étendu, inerte, recouvert d'une bâche après avoir longtemps agonisé dans les cales d'un vieux bateau non entretenu.

Il revint s'asseoir sur le lit, la tête dans les mains. Quarante jours. San Pedro. Les plages. Ses parents et tous les siens. Et son ami Ôdjo Kolo. Ce vieil ami qui l'avait vu grandir et dont seul lui connaissait l'existence. Loin d'Ôdjo Kolo, loin de leurs échanges qui lui donnaient l'occasion de penser l'évolution de sa société.

Submergé par la nostalgie de ses entretiens avec ce vieux sage venu d'un autre monde, il laissa le champ libre à ses souvenirs.

— Je suis là.

— Le soleil peut-il brûler ma carapace ?

— Le vent est vigoureux, les arbres se tordent, mais le Kalao sort son bec.

— Goplou est passé, je n'ai pas de nouvelles.

— J'ai soif, je cherche à boire.

— Bonjour mon fils, laisse-moi quelques minutes pour sortir.

Prenant tout son temps, Ôdjo Kolo, la vieille tortue mâle sortait de sa grotte.

Dialogue discordant, décousu, mais c'étaient les manières convenues pour se reconnaître, pour éviter de parler à l'inconnu, à l'ennemi.

Ôdjo Kolo avait vu grandir le quatrième fils de Djèlè. L'enfant ne rentrait jamais des plantations sans passer une main amicale sur le dos de la tortue mâle. Ses parents n'avaient pas cherché à comprendre pourquoi leur fils voulait les précéder à certains endroits du chemin du retour.

Ôdjo Kolo avait vu passer plusieurs générations de Sokiés, peuple mangeur de tortues. Il était resté des années durant, prostré à l'entrée de sa grotte, attendant en vain le retour de ses enfants, de ses petits-enfants, de ses arrière-petits-enfants. Plus d'une fois, il avait loué les services de la famille Libé pour chercher à des kilomètres à la ronde, les traces de sa progéniture. Le père Libé revenait toujours la mine défaite. Mais comment pouvait-il en être autrement dans un environnement où les œufs et la chair des Ôdjo Kolo et de leurs semblables étaient recherchés ?

Lorsqu'un soir, rentrant d'une longue promenade, il entendit des bruits de pas, il sentit son cœur sortir de sa poitrine. « C'est la fin, c'est ma fin, il fallait bien que ça arrive un jour. Je vais enfin rejoindre les miens dans l'au-delà. » Ôdjo Kolo s'arrêta net, attendant d'être soulevé de terre comme les siens l'avaient été sous son regard impuissant, dissimulé sous quelque broussaille. Le temps parut interminable, sans fin. Une main tendre et apaisante caressa son dos rocailleux. Il garda la tête à l'intérieur de sa coquille, comme les gens de sa race l'ont toujours fait devant un danger.

— Hé ! Ôdjo Kolo, n'aie pas peur. Où vas-tu ? Puis-je te conduire rapidement à ton domicile ?

Le vieux mâle, terrorisé, ne répondit pas. « En voilà un qui est sans doute plus rusé bien que gamin. Il veut découvrir mon repère, espérant y trouver les miens afin de faire bonne chère », se dit-il.

— Mes parents seront là dans quelques minutes et si tu ne m'autorises pas à t'aider, je ne saurais justifier ma présence ici.

Kolo comprit qu'il n'avait pas le choix.

— Tout droit et sur ta gauche, après le baobab.

L'enfant se précipita car la voix de ses parents se faisait de plus en plus proche. Kolo sortit enfin la tête, mais n'eut pas le temps de remercier son bienfaiteur qui se sauvait déjà.

Le frère aîné, qui avait vu l'enfant disparaître derrière le buisson, l'attendait, assis sur un vieux tronc d'arbre.

— Pourquoi cours-tu toujours comme un forcené à cet endroit du chemin ? Tu donnes le sentiment d'obéir à un rite. Même la vieille[1] te trouve étrange…

— Tiens, je ne l'avais même pas remarqué. J'aime bien courir et si vous êtes si observateurs comme tu le prétends, vous avez dû vous en apercevoir.

— Personne n'a perdu de vue que tu prépares les Jeux olympiques, mais d'où viens-tu ?

— J'ai eu un besoin urgent et comme le village est encore loin…

— Et pourquoi ne nous l'as-tu pas dit ?

— Je ne vais quand même pas faire un communiqué pour vous annoncer que…

— Ôssato, n'oublie pas que je suis ton aîné, alors soigne la forme de ton langage.

— Excuse-moi, Ayiko, je n'ai pas voulu te manquer de respect.

En d'autres temps, Ôssato se serait rebiffé. Mais ici, il ne fallait pas donner l'occasion à son frère de fouiner, au risque de mettre en péril la vie du vieil Ôdjo Kolo.

Le lendemain, Ôssato prétexta une légère fièvre pour ne pas accompagner ses parents aux champs. Il rejoignit le repère de la vieille tortue mâle.

— Comment vas-tu, mon enfant ?

— Bien, très bien.

— Et tes parents ?

— Tous se portent bien.

— As-tu pris les précautions nécessaires pour venir ici ? J'ai tellement peur d'être soulevé de terre… Je n'ai pas perdu

---

[1] Terme utilisé pour désigner la mère.

l'espoir de voir un jour me revenir un de mes descendants qui aurait échappé par miracle aux tiens…

— Personne ne m'a suivi et personne ne m'a vu entrer ici. Et je reste persuadé que tu ne quitteras pas cette terre sans avoir vu et parlé avec un membre de ta famille qui vit peut-être quelque part…

— Que le ciel t'entende mon fils, qu'il t'entende. Mais quelles sont les nouvelles du matin ?

— J'ai voulu passer quelques heures avec toi, alors je suis venu. Je voudrais surtout que tu me parles davantage de toi, des tiens, des miens et des rapports violents qui ont jalonné et guident encore aujourd'hui l'histoire de nos deux peuples. Il n'y a que toi qui puisses le faire. Je poserais la même question à mes parents qu'ils me prendraient pour un déséquilibré. Personne ne sait au village que je comprends et parle votre langage. Mon refus de manger votre chair et celle de quelques espèces de la forêt est rangé sous la bannière des caprices d'un gamin un peu trop gâté. On soupçonne certains dons chez moi. Il paraît même que je serais un vieux sorcier du village revenu sur terre. M'intéresser à la vie des habitants de la forêt, m'inquiéter de leur sort, ajouterait aux interrogations à mon égard.

— Et que veux-tu savoir, mon fils ?

— Tout, absolument tout.

— Malgré mon âge très avancé, je ne saurais te dire d'où vient la haine que nous vouent les gens de ta race. Des décennies durant, je les ai vus défiler avec des paniers chargés de victuailles dont toutes sortes d'animaux. J'ai vu leurs pièges disséminés partout, attraper des animaux qui ne demandaient qu'à suivre leur chemin. Mon cœur a saigné devant la douleur d'enfants assistant à l'agonie d'une mère prise dans un piège.

J'ai souffert de ne pas pouvoir venir en aide à des parents témoins de la mort certaine de l'un de leurs enfants. J'ai connu ton père lorsqu'il avait ton âge. Il allait en file indienne aux champs avec ses frères et ses sœurs. La route de vos plantations ne passait pas encore aussi près de ma grotte. Je les ai vus adolescents porter les grands filets que leurs parents étendaient pour capturer les animaux, petits et grands. Une partie de chasse était un jour de pleurs, de douleurs et de lamentations dans nos rangs, illustres ou anonymes habitants de cette forêt. Je n'ai pas toujours habité dans cette grotte. J'ai dû m'y replier pour sauver ma vie et celle des miens.

— Et pourquoi cela ?

— Les tiens ont toujours pratiqué la culture sur brûlis, détruisant ainsi chaque année des dizaines d'hectares de forêt. Même Djé la panthère et Koukouo le lion n'en menaient pas large devant un feu qui avançait avec rage, dopé par le vent. Je les ai vus abandonner les leurs pour sauver leur peau. Inutile d'ajouter que ceux de notre espèce qui traînaient dans l'espace en feu n'avaient aucune chance. Comme si cela ne leur suffisait pas, les tiens se sont mis dans les dernières décennies à abattre tous les gros arbres qui nous abritaient, nous obligeant ainsi à émigrer pratiquement chaque saison. De nombreuses espèces animales que j'ai connues enfant ont disparu, faute de flore adaptée à leur mode de vie. Le monde des tiens est sans pitié.

— Mais Ôdjo Kolo, il fallait bien que les miens se nourrissent.

— Et le seul moyen était de brûler leur terre ou d'abattre tous les arbres. Les tiens ont toujours choisi le chemin de la facilité.

— As-tu eu l'occasion d'approcher nos villages, de voir de plus près le mode de vie de ceux qui étaient et qui restent à tous égards tes ennemis ?

— Oui, les miens et moi avons observé, de jour comme de nuit, les tiens dans leurs villages. Ce fut au prix de précautions sans commune mesure, mais nous l'avons fait. Nous voulions connaître, comprendre les raisons qui motivaient ces comportements belliqueux envers nous. Nous voulions trouver dans l'observation de leurs coutumes, les moyens d'échapper aux drames qu'ils nous faisaient subir. Nous n'avons pas réussi. Mais nous avons beaucoup appris sur ces peuples. Nous avons vu leurs villages grandir, s'agrandir. Nous avons surtout remarqué leurs changements de comportement au fur et à mesure que ces villages s'accroissaient. Mais un élément a davantage captivé notre attention.

Après la venue au village de personnes d'une autre couleur, certains des tiens ont commencé à parler une autre langue. Et ceux qui parlaient cette autre langue devinrent au fil du temps les nouveaux chefs du village, les références. Qui étaient ces personnes d'une autre couleur ? D'où venaient-elles ? Par quelle magie avaient-elles réussi à soumettre des peuples qui faisaient la loi dans nos forêts ? Nous avons vu certains des enfants du village disparaître et réapparaître. Je saurai plus tard avec toi qu'ils allaient dans d'autres lieux pour apprendre davantage les subtilités de la magie des gens à la peau pâle.

Vos coutumes, vos traditions ont été d'abord relativisées avant d'être considérées comme quantités insignifiantes. Les tiens étaient certes forts pour nous détruire, mais en cédant leur âme à de nouveaux venus pour des raisons qui nous ont toujours échappé, ils ont étalé leurs faiblesses, leurs limites.

— J'entends ton propos, Ôdjo Kolo ; je note toutefois que les nouveaux venus ont aussi apporté des éléments susceptibles d'améliorer le quotidien des miens.

— Mais à quel prix ! Et je ne suis pas sûr que l'âme de votre peuple survive à ce mélange. Le mien retrouvera-t-il le chemin d'une existence paisible avec les nouveaux envahisseurs ? Violente question à la réponse incertaine.

— N'y compte pas, Ôdjo Kolo. Leur mode de vie me semble davantage dévastateur si je m'en tiens à ce que mes lectures m'ont permis de comprendre.

— Il se fait tard, le temps de retrouver les tiens a sonné. Il faut presser le pas pour ne pas être emporté par les ombres dévoreuses de la nuit.

— Je n'ai pas peur, Ôdjo Kolo. La peur n'est pas inscrite dans mes gènes.

— Je retrouve là, les fières paroles de tes ancêtres. Sauve-toi mon fils pour que tu puisses me revenir.

— Je pars, mais je reviendrai demain. J'ai une importante décision à prendre et j'ai besoin de tes conseils en plus de ceux que vont certainement me prodiguer mes parents.

— Je serai toujours là pour toi, tant que j'aurai la force de me lever.

Ôssato n'oublia pas les précautions d'usage avant de quitter celui avec qui il entretenait des rapports que nul ne comprendrait.

Chapitre 2

La fin de l'échange avec le vieil Ôdjo Kolo fit place à la réminiscence des premiers instants avec une femme, belle à vous dresser éternellement les poils des testicules, majestueuse.

Devant solliciter le concours du directeur général du port, il s'était rendu à ses bureaux pour déposer sa demande de rendez-vous dans les mains de la secrétaire particulière. Une jeune femme qui avait quelques années de plus que lui. Au premier contact, leurs yeux ne s'étaient pas quittés, comme pour transmettre un lien, un message.

— Revenez demain, je ferai ce que je peux pour que vous soyez reçu, avait-elle dit.

— Merci d'avance, madame, avait-il répondu confusément.

Il était sorti du secrétariat du directeur général candidement heureux, convaincu que l'Étoile, celle que son grand-père avait dit le protéger et le conduire vers des sommets insondables, venait de luire. Il reviendrait le lendemain au secrétariat du DG et rien ne pourrait l'en empêcher. Rien. Il avait pris ce qu'il lui restait d'économies et était allé acheter de nouvelles chaussures, de nouveaux habits. Il n'aurait pratiquement plus rien, mais qu'importe, demain était le plus important, demain était l'essentiel. Il chanta toute cette soirée-là et dormit très peu. Le matin venu, il ne quitta pas sa montre des yeux. À 10 heures, il était au secrétariat du DG.

— Avez-vous passé une bonne nuit ? lui demanda la ravissante mulâtre.

— Oui, mais j'ai très peu dormi. Vous savez, dans notre situation, nous vivons dans l'anxiété et…

— Vous n'avez pas le droit à cet âge de vous laisser aller à des comportements qui pourraient vous vieillir très vite. Et pour ce qui est de l'objet de votre présence ici, le DG vous recevra dans quelques minutes. J'ai fait ma part, il vous revient maintenant d'assumer vos ambitions et de montrer que vous êtes prêt à donner le meilleur de vous-même. Donnez surtout le sentiment que vous pouvez apporter quelque chose si vous êtes embauché.

Ô lamé Djonô n'avait pas quitté la secrétaire particulière des yeux. Les paroles dites avaient traversé ses oreilles comme le vent passe à travers une porte ouverte. On lui parlait de son avenir, de sa capacité à saisir la chance qu'on lui donnerait et lui, regardait les lèvres de son interlocutrice. Conquis par un physique que le Créateur avait pris soin de modeler. Il était surpris que cette inconnue lui parle de son ambition, stupéfait que cette femme dont il ignorait encore l'existence il y a quelques jours lui dise avoir « fait sa part » comme si leurs destins étaient liés, comme si leurs horizons se fondaient en un seul chemin. Que voulait-elle ? Qui était-elle ? Se comportait-elle de manière identique avec tous ceux et toutes celles qui sollicitaient un rendez-vous avec son patron ? Était-ce son attitude à lui qui avait généré une empathie ou une sorte de pitié à son égard ? Il voulut chercher des explications, mais se ravisa.

— Merci de tout cœur, madame ; je vais m'efforcer dans les minutes qui suivent de mériter votre confiance…

La secrétaire particulière n'avait pas relevé le propos ambigu d'Ôssato comme s'ils se comprenaient, avait admis de concert la naissance d'une aventure. Une aventure entre l'adolescent qu'il était et une jeune femme qui semblait connaître quelques codes de la vie des adultes.

Ôssato fut embauché et il lui fut confié le poste de délégué auprès du directeur des ressources humaines, chargé de vérifier au quotidien la présence des ouvriers du port. Une très lourde responsabilité pour quelqu'un qui n'avait pas de vécu dans ce domaine. Il ne cogita pas longtemps sur les raisons qui avaient conduit le DG du port à lui confier ces responsabilités. Il y vit la main de la secrétaire particulière.

Quelques semaines plus tard, il fut convoqué dans le bureau du DG. C'est un peu paniqué qu'il frappa à la porte du Grand Manitou.

— Entrez monsieur Ôssato… Prenez place. Comment allez-vous ? Et dans quel état d'esprit êtes-vous après vos premiers jours parmi nous ?

— Ça va monsieur le directeur, ça va, répondit-il timidement.

— Connaissez-vous les raisons de votre présence dans mon bureau ?

— Non, monsieur le directeur ; pour ne rien vous cacher, j'en suis un peu surpris.

— Nous avons mené une petite enquête vous concernant et nous avons appris que vous avez été exclu du lycée pour « comportements n'étant pas en adéquation avec le statut d'un élève ».

— Qu'est-ce à dire ? demanda Ôssato.

— Il nous est revenu que vous auriez été à la tête de plusieurs frondes d'élèves pour semer le désordre au lycée.

Sachez qu'ici on ne fait pas de révolution. Votre attitude durant les premières semaines de votre embauche nous a davantage montré un garçon sérieux et prenant à cœur la tâche qui lui avait été confiée. Vous allez changer de fonction, vous serez désormais mon assistant. Vous prendrez un des bureaux auprès de ma secrétaire particulière.

— Serait-ce une façon de me tenir à l'œil ? se hasarda Ôssato.

— Je n'en vois pas la nécessité, répondit le directeur derrière un petit sourire. Si nous n'avions pas besoin de vous, on vous l'aurait fait savoir sur le champ. Nous n'avons pas obligation de vous garder. Prenez votre nouvelle fonction comme une promotion, une marque de crédit à votre égard.

— Merci infiniment, monsieur le directeur ; je tâcherai de mériter votre confiance.

— Monsieur Ôssato ?

— Oui, monsieur le directeur ?

— Avez-vous des ambitions ? Quels sont vos projets ? Quel est votre rapport à l'argent ?

Ôssato parut décontenancé par cette kyrielle de questions. Que voulait le directeur ? Où voulait-il en venir ? Ôssato n'avait rien demandé. Lui qui sortait à peine de l'adolescence en était encore à s'interroger sur les motifs qui avaient décidé le directeur général du port à lui confier autant de responsabilités. Des femmes et des hommes diplômés attendaient certainement dehors, prêts à occuper ce poste. Bien des personnes qualifiées en avaient fait le rêve de leur vie. Il marqua un temps puis, regardant le directeur dans les yeux, il lui dit :

— Oui, j'ai des ambitions, de grandes ambitions. Je veux reprendre mes études et je vais les reprendre. Je suis venu ici pour gagner de l'argent et quitter le pays pour donner corps à ce projet. Je veux être de ceux qui changeront demain ce pays. Je ne suis pas d'accord avec la manière dont il est dirigé mais je n'ai pas les moyens intellectuels, pour l'instant, pour faire valoir mes idées. J'ai appris qu'on pouvait rapidement gagner de l'argent en travaillant ici. C'est la raison de ma présence en ces lieux. Je ne sais pas combien de temps cela me prendra, mais j'espère y parvenir très rapidement.

Le directeur le regarda fixement, captivé. « Quel aplomb ! » pensa-t-il.

— Puis-je vous poser une question, monsieur le directeur ?

— Appelez-moi, Belo. Ce sera plus simple. Je vous écoute.

— En quoi consiste la fonction d'assistant ? Qu'aurais-je concrètement à faire ?

— Je crois que nous aurons tout le temps d'en reparler. Que faites-vous ce soir ?

— Pas grand-chose. Je dois rencontrer des « frères en Christ », mais je peux sans souci appeler mes amis pour remettre notre rencontre.

Ôssato avait bien longtemps compris qu'un rendez-vous avec un supérieur direct ne se refusait pas. Une rencontre avec l'un des hommes les plus puissants du pays, celui-là même à qui le PDG de l'organe censé sortir tout le sud-ouest du pays du sous-développement plaçait toute sa confiance, ne pouvait pas être remis à un autre jour. Une chance qui ne repasserait sans doute pas.

— Floriane ?

— Oui, monsieur Belo ?

— Peux-tu te joindre à nous ce soir chez moi, si ton compagnon le permet ? Je reçois mon nouvel assistant et j'aimerais que tu sois là.

— Je m'arrangerai, monsieur Belo. Il suffit que je sache l'heure.

— Vingt heures.

Ôssato était surpris de voir le directeur appeler sa secrétaire par son prénom, ébahi de l'entendre la tutoyer. Il trouva une explication dans la trentaine d'années qui devait séparer monsieur Belo et mademoiselle Floriane Loficial.

Pourquoi l'explication de son rôle d'assistant du directeur nécessitait-elle une rencontre à domicile ? Ôssato n'eut pas longtemps à cogiter. Il avait juste le temps de rentrer et de se changer.

La ravissante Floriane vint le chercher. Il lui proposa un verre, mais elle déclina l'invitation. Ils devaient se rendre chez le directeur où ils auraient forcément à boire et à manger. Ils échangèrent peu de mots durant le trajet qui les conduisit auprès de leur supérieur.

Celui-ci les attendait, dans une maison cossue, avec un salon où se côtoyaient des meubles importés d'Europe et le génie artistique local.

Monsieur Belo exigea le tutoiement afin, expliqua-t-il, que les « relations soient simples ». Ôssato semblait dépassé par la célérité avec laquelle les éléments avançaient. Le repas était terminé et le directeur n'avait toujours pas abordé l'objet de leur rencontre.

Il fut davantage intrigué lorsque monsieur Belo demanda à son épouse de s'éclipser. Madame Belo ne devait sans doute pas être mise au courant des grandes stratégies managériales de son époux.

Plus encore que le départ fort discret de madame Belo, c'est la présence de mademoiselle Floriane Loficial qui le questionnait. Floriane Loficial était-elle une simple secrétaire ou partageait-elle d'autres morceaux de sa vie avec le directeur ?

Le temps passait et Ôssato se faisait violence pour dissimuler son impatience, cacher une irritation montante.

— Jeune homme ?

— Oui, monsieur le directeur ?

— Puis-je me permettre de te poser quelques questions sur ta vie privée ?

Le léger silence qui suivit la question du directeur était une réponse négative mais, non formulée explicitement, elle n'en était plus une. Énoncée ainsi, la question du directeur n'appelait qu'une seule réponse de la part de son obligé.

— Je n'y vois aucun souci, monsieur le directeur. J'ai un âge qui ne me permet pas d'avoir encore beaucoup de fantômes dans les placards. Que voulez-vous savoir ?

— Excusez-moi, mais je n'ai pas compris ce qu'a voulu dire Ôssato, intervint mademoiselle Floriane.

— Je veux juste dire qu'il faut avoir traversé beaucoup de rivières pour mesurer la population de crocodiles qui s'y trouvent. Je suis encore bien jeune pour avoir beaucoup de secrets.

— As-tu des frères et sœurs ? Que font tes parents ? La réputation d'écorché vif qui t'a précédé est-elle justifiée ? Jusqu'où irais-tu pour assouvir tes ambitions ?

Ôssato commençait à cerner les raisons qui avaient motivé une rencontre à domicile pour répondre à une banale question concernant son rôle « d'assistant du directeur » même si la présence de Floriane Loficial restait encore une énigme. Un vrai mystère, puisque monsieur Belo ne serait pas le seul à entendre les réponses à ses questions. Il eut la conviction que monsieur Belo et Floriane Loficial entretenaient un lien, même s'il en ignorait la nature.

— Je suis issu d'une famille composée de nombreux frères et sœurs. Je suis le quatrième de ma fratrie. Mes parents sont planteurs de produits d'exportation, mais aussi de produits vivriers. Je ne me soucie guère d'une réputation qui me serait faite. Je sais juste que je suis entier et autant l'injustice me révulse, autant je ne me laisse pas marcher dessus. Jusqu'où irais-je pour assouvir mes ambitions ? Mes limites sont les barrières érigées par ma conscience et mon éducation. D'autres étoufferaient leurs prochains, les écraseraient pour parvenir à leur fin, je ne puis y souscrire. Je n'ai pas le monopole de la morale et de l'intégrité, mais je ne pourrai pas sourire devant mon miroir à la fin d'une journée où j'aurais semé de la peine et de la tristesse dans des cœurs. Mon orgueil et ma prétention exacerbés me font clamer que je veux être, dans les années à venir, parmi ceux qui gouverneront ce pays. Je veux montrer à mes compatriotes qu'il est possible de le diriger sans laisser le plus grand nombre de ses habitants dans la misère. Oui, j'ai des ambitions, je ne m'en cache pas. Mais j'utiliserai toujours les voies légales, les chemins de la dignité et du respect de la personne humaine pour y parvenir. Si cela devait me demander du temps, alors je prendrais tout le temps nécessaire pour y arriver. Je n'ai pas toujours su taire ma fougue, maîtriser mes révoltes. J'ai échoué dans la broussaille. J'ai la chance d'être encore jeune. J'apprends et j'ai un peu appris. Je suis ici pour gagner de l'argent et partir sous d'autres cieux pour continuer de construire l'homme que je veux être. Voilà, monsieur Belo, ce que je peux, dans un premier temps, vous répondre.

— Qu'en penses-tu, Floriane ? demanda le directeur.

— Je trouve Ôssato bien mûr. Il semble avoir une idée bien nette de ce qu'il veut. Je ne suis pas, après l'avoir entendu, surprise qu'il ait été exclu du lycée. Je n'ai pas de conseil à lui prodiguer, mais je dirai simplement qu'il doit apprendre à ne pas parler aussi cru devant des gens qu'il ne connaît pas, car il ne nous connaît pas. Il est souvent dit que ce sont nos mots qui forment le ciment des maux qu'ils engendrent. Je note toutefois avec émerveillement que c'est de cette jeunesse que notre pays a besoin pour demain. Je suis heureuse de pouvoir travailler avec lui dans les jours à venir.

— Merci jeune homme, merci Ôssato d'avoir parlé sans tabou, sans filet. Contrairement à Floriane, je trouve qu'il faut être authentique, ne pas user de la langue de bois. Trop de prudence, trop de précautions ferment le chemin à des échanges fructueux, à un dialogue utile et constructif.

— Je ne prône pas la langue de bois, ni l'évitement, encore moins la dissimulation. Un dialogue n'est utile et constructif que si les protagonistes en présence le veulent. On peut être ouvert et franc sans pour autant que notre interlocuteur le soit en retour. On ne peut présager de l'issue que vont donner à nos interventions les personnes qui nous écoutent.

Ôssato assistait, sans réagir, au débat vif et loyal entre le directeur et sa secrétaire particulière. On était loin des convenances qu'imposaient les normes bureaucratiques. Ces deux-là devaient avoir l'habitude de ne pas s'épargner dans les discussions. Floriane Loficial était-elle uniquement la secrétaire de monsieur Belo ? Et le « il ne nous connaît pas » avait intrigué Ôssato. Floriane Loficial avait parlé comme si elle faisait partie, avec son directeur, d'une organisation secrète. Il était persuadé à cet instant qu'il y avait lui et « eux », sans pour autant saisir la dimension de ce monde dont il supposait l'existence. Trop de lectures, trop de films regardés faisaient parcourir à son esprit la distance du plus grand côté d'un triangle possédant un angle droit. Il pouvait alors voir du complot, la présence de la pègre là où quelques comportements maladroits rendaient équivoques de banals propos.

— Cher Ôssato, avant d'en arriver à la raison de notre rencontre de ce soir, je voudrais poser quelques balises. Tout ce qui sera dit ce soir devra rester entre nous. Aucun de nous ne devra porter de jugement de valeur sur l'autre. Notre collaboration à la suite de cet entretien ne devra souffrir d'aucun manque d'attention, de solidarité.

Le directeur continua ainsi à sortir des phrases de son chapeau au point de fatiguer l'attention de ses compagnons d'un soir.

— Puisque tu veux gagner de l'argent le plus rapidement possible pour mettre à profit tes ambitions, je te propose une occasion de réaliser ton dessein. J'en ai discuté avec Floriane et c'est elle qui m'a convaincu de te soumettre ce projet.

— J'ajoute, continua Floriane, que tu n'es pas obligé de donner ta réponse ce soir. Après quelques échanges que j'ai eus avec toi au bureau, j'ai estimé qu'il te serait préjudiciable de rester travailler deux ans, voire plus, chez nous. Bien des choses peuvent se produire dans la vie d'un individu en deux ans. Tu peux perdre le goût de retourner sur les bancs. Mais, en admettant que cette volonté reste intacte, ce que je peux croire après t'avoir côtoyé quelques semaines, la mémoire de rétention s'effiloche avec le temps. Moins tu auras mis de temps pour te remettre à l'ouvrage, moindres seront les dégâts causés par une longue distance entre les moments de fin et de reprise des cours.

Ôssato resta un moment sans réaction. Médusé que Floriane Loficial ait pensé à lui, à son avenir. Il esquissa un léger sourire, et reprit :

— Je vous remercie pour votre sollicitude, merci Floriane pour cette attention particulière portée à mon sort. J'en suis ému. Monsieur Belo, je vous écoute.

— Je sais que Rome ne s'est pas construite en un jour, mais fais un effort pour me tutoyer. Voici mon projet : chaque mois, nous embauchons des ouvriers. Le métier de docker et d'autres fonctions subalternes du port ne sont pas aisés. Des personnes arrivent avec de belles intentions et, après quelques mois, voire quelques semaines pour certaines, démissionnent. L'offre n'est donc pas satisfaite et nous devons faire une campagne de publicité fort coûteuse pour attirer d'éventuels prétendants à nos métiers. Notre éloignement par rapport à la capitale ne nous aide pas. Les logements pour travailleurs que nous avons construits sont à moitié vides. Je voudrais donc que tu ailles à la radio et à la télévision à Abidjan pour lancer notre appel d'offres. Tu devras aussi rendre visite aux sous-préfets des villes environnantes pour marteler le même message en insistant sur la mise à disposition à moindre coût de logements pour ceux qui viendraient rejoindre nos chantiers. Tes frais de déplacement seront entièrement pris en charge par le port. Ton salaire suivra une progression linéaire. Il est évident que, si la campagne publicitaire dont tu seras la cheville ouvrière venait à porter ses fruits, tu en seras largement récompensé. Toute embauche passera par toi. Et puisque c'est toi qui supervises le travail des ouvriers, tu remettras à la fin du mois, à la régie financière, la liste de ceux qui devront recevoir leur paie. Le salaire devra atterrir sur mon bureau. Tu devras alors payer en mains propres, chaque ouvrier. Puisque c'est toi qui as la liste de ceux qui doivent percevoir leur salaire, tu pourras très aisément fournir, par exemple, une liste de cent ouvriers à la régie financière alors qu'en réalité, il n'y en a que la moitié voire soixante. Si un ouvrier gagne 60 mille CFA, il nous reviendra 2 millions quatre cent mille pour les 40 ouvriers fictifs. Je prends 1 million 2 cent mille, tu récupères 800 milles et 400 mille iront à Floriane. Au bout de dix mois, tu pourras déjà bien entrevoir le chemin de l'Occident.

Les masques étaient tombés. Tous les masques. L'assistant du directeur était son homme de main, l'exécuteur des basses œuvres, celui qui lui permettrait de s'enrichir sans se mouiller. Le stipendier de service.

Cet entretien ne pouvait se tenir que dans le cadre douillet d'un salon dont les meubles pouvaient à eux seuls permettre de construire quelques salles de classe dans des villages désœuvrés.

Très tôt, Ôssato s'était dressé contre les injustices faites à ses parents par une administration tatillonne et brouillonne de nouveaux parvenus. Une révolte chevillée au corps à l'heure où ses petits camarades cherchaient à goûter furtivement la douceur des lèvres des premiers baisers. Une révolte qui l'avait fait foncer comme un buffle contre les comportements d'une administration scolaire encline à formater les élèves dont elle avait la responsabilité. Élève brillant, il avait fini par être exclu du lycée après une première mise à pied de huit jours.

Pendant que ses camarades s'adonnaient aux jeux pendant les vacances, il lisait *Le Rhinocéros* d'Eugène Ionesco, *Les Souffrances du jeune Werther* de Goethe, *Les Misérables* de Victor Hugo, *Les Bouts de bois de Dieu* de Sembène Ousmane, lisait et relisait des articles sur Che Guevara, veillait pour écouter pendant des heures, La Voix de la révolution, la radio guinéenne qui passait les discours enflammés du président Hamed Sékou Touré.

À travers ses différentes lectures, il avait compris que, si de nombreuses populations étaient dans le dénuement total, c'est parce qu'ailleurs des personnes, de façon illégale, pillaient les deniers publics. La corruption était devenue un sport national. Ceux qui, de façon ostentatoire, s'y refusaient finissaient dans les sombres cachots du pouvoir. L'écrasante majorité de ses compatriotes africains étaient logés à la même enseigne.

Et on lui demandait d'être le moteur d'un système à l'allure mafieuse.

— Combien de jours ai-je pour vous donner ma réponse ?

— Tu as tout le temps qu'il faut, mais la nécessité des services commande qu'on agisse vite pour pallier les nombreuses défections.

— Donnez-moi soixante-douze heures.

Après quelques banalités sur le fonctionnement des services du port, il prit congé du directeur. Il se faisait tard et il lui fallait garder la forme pour reprendre le travail le lendemain. Floriane Loficial le raccompagna.

— Floriane ?

— Oui ?

— Serait-ce possible qu'on se voie demain seul à seule ? Je sais que tu as des obligations familiales, mais j'ai besoin de discuter avec toi. Il y a des questions qui me taraudent et tu pourrais peut-être me donner quelques réponses.

— Lorsqu'il s'agira de toi, aucune autre obligation ne me retiendra ailleurs. Où veux-tu qu'on se voie ?

Bien que décontenancé par la réponse de son accompagnatrice d'un soir, Ôssato ne laissa rien apparaître.

— Je suggère qu'on se retrouve chez moi.

— On pourrait se retrouver après le travail. Je signalerai chez moi que je rentrerai un peu plus tard que d'habitude. Mais je te sens anxieux.

— On en reparle demain, Floriane.

Ôssato se retrouva seul, cogitant et ressassant le film de la journée. L'objectif de partir de son pays l'avait conduit au port de San Pedro. Il se voyait réaliser son projet dans un délai raisonnable de trois à quatre ans. Et voilà que la perspective de se retrouver en Europe en un temps record par rapport à ses prévisions se dessinait. Il se trouva, pour la première fois, face à un choix pouvant remettre en cause ses convictions, l'essence même de ses combats. Il n'avait jamais admis l'argument qu'avait avancé le président français Giscard d'Estaing, autorisant que la guillotine arrache la vie au jeune Christian Ranucci dans ce qui avait été appelé « l'affaire du pull-over rouge ». L'homme politique français avait dit à la presse que cette décision lui avait coûté des nuits de sommeil, car il avait dû se résoudre à fouler aux pieds ses propres convictions.

Ôssato n'avait pas l'âge du président français ni son parcours, loin s'en faut. Et déjà se pointaient à l'horizon les premiers renoncements. Devait-il croupir encore quelques années dans le port de San Pedro au nom de ses idéaux, de la pureté de ses combats ? Ou justement, pour mener à bien ces derniers, utiliser les échelles pas toujours propres que lui tendrait la vie ? « Le recul du bélier n'a jamais signifié la fin du combat », finit-il par se dire. Il aurait volontiers demandé conseil à son père. Mais pour cela, il lui fallait prendre un jour de congé et parcourir ensuite plus d'une centaine de kilomètres. Ses parents n'avaient pas le téléphone. Plus que jamais, les avis du vieil Ôdjo Kolo s'avéraient indispensables. Mais ce vieux compagnon qui l'avait vu grandir était-il seulement encore en vie ? Ôssato était face à lui-même, face à son destin. Il ne lui restait que Floriane Loficial, une jeune femme qu'il connaissait à peine, dont il ignorait presque tout. Il avait besoin de comprendre les agissements quotidiens de son directeur, ses réels objectifs et ses attentes muettes dans cette aventure où il devait servir de pilote. Et seule Floriane Loficial serait en mesure de l'éclairer.

Il se retrouva à son bureau le lendemain et vaqua à ses occupations, la tête ailleurs. Il échangea très peu avec son supérieur et encore moins avec la secrétaire particulière.

Comme convenu, Floriane Loficial le conduisit ensuite à son domicile.

— Entre, Floriane et ne fais pas attention au désordre. Je n'ai pas eu le temps de faire du rangement.

— Ne te formalise pas, Ôssato. Tu vis seul et le temps t'appartient pour l'allure que tu veux donner à ton appartement. Je te trouve d'ailleurs bien sévère avec toi-même, car il n'y a rien à redire sur tes lieux.

— C'est fort gentil de ta part. Que puis-je t'offrir à boire ?

— De l'eau, rien que de l'eau, la meilleure boisson, dit-on.

— Parce qu'elle ne l'est pas ?

— Bien sûr que si. Mais si on parlait un peu de ce pour quoi je suis là.

— Je voudrais savoir depuis combien de temps tu travailles avec M. Belo et ce que tu penses réellement de la proposition qu'il m'a faite. J'ai été bien déconcerté et complètement pris au dépourvu. Le connais-tu suffisamment pour savoir ce qu'il cherche derrière « l'efficacité » de nos services ? Et pourquoi choisir un novice pour diriger une telle action ? J'ai des questions, des interrogations, des doutes. Mais je n'ai pas de réponse. Peux-tu m'ouvrir le chemin vers la lumière ?

— Tu n'es pas sur le chemin de Damas. Et ne donne pas le sentiment que tu te trouves devant un mystère pour lequel tu solliciterais un concours pour l'éclaircir. Nous sommes au cœur de ce qu'il convient d'appeler la corruption érigée en système de gouvernance. Et pour un jeune aussi attentif à l'évolution de son pays, pour une jeune personne désireuse de prendre les rênes de ce pays, et c'est ce que tu nous as laissé entendre sans détour, les propos de M. Belo ont été assez limpides. La question n'est pas de lever des doutes qui ne seraient que quelques fabrications commodes de ton esprit. La seule question qui se pose et qui s'impose est de savoir si tu acceptes d'accompagner ce mal endémique qui pourrait emporter nos pays bien fragiles, et mieux, si tu veux en être un des acteurs dans le secteur qui serait le tien, au mépris de tes convictions, si jamais celles-ci étaient à l'opposé de ce que te demande M. Belo. Pour ton information, j'ajoute que la personne qui t'a précédé à ce poste est actuellement en Italie après avoir roulé dans la farine notre cher directeur.

Je travaille avec Belo depuis cinq ans. J'étais une anonyme employée de ce port lorsqu'il m'a croisée dans le parking du personnel. Il m'a abordée et m'a demandé mes nom et prénom, ainsi que le responsable de mon service. Une semaine plus tard, je devenais sa secrétaire particulière. Il a voulu avoir des relations intimes avec moi, mais je lui ai opposé un non catégorique et sans nuance qui l'a marqué. Son intelligence lui a commandé de m'enrôler dans son système détestable et mafieux. J'ai eu la faiblesse d'accepter sa proposition. Je n'avais pas un grand salaire, et je ne l'ai toujours pas, mon compagnon n'émarge pas dans la haute sphère de notre société, j'ai des petits cousins et des petites cousines dont il faut payer les études et à qui il faut assurer un train de vie décent. J'aurais pu dire non, bomber le torse et brandir l'étendard de mes convictions à faire pâlir un jésuite. Ma conscience aurait eu la satisfaction de garder étanches les portes qui mènent à elle et qui préservent sa virginité. Mais la misère avec son lot de souffrance aurait fait partie de notre famille. Le pays ne serait pas pour autant sorti des affres de la décadence. Et, qui sait, un des miens qui aura réussi pourrait avec d'autres changer les choses. Tu comprends donc pourquoi tes premiers mots, ton discours m'ont séduite.

Je ne veux pas être d'une quelconque influence dans ta décision. Je veux que tu dialogues avec toi-même et que tu apportes à M. Belo la réponse qui a l'assentiment de ton être, de tout ton être.

— Ta réponse est au-delà de mes espérances. Oui j'ai des convictions, je n'en ai pas fait mystère. Et aspirer faire partie de ceux qui demain tiendront les rênes de ce pays ne veut pas dire qu'on vise par tous les moyens la tête de celui-ci. Merci pour ton intervention, merci pour tes analyses lucides et tes réflexions profondes qui invitent l'intelligence humaine à se revisiter. Je donnerai mon accord à M. Belo et je piétinerai pour un temps que j'espère court ma foi dans ce que j'estime nécessaire pour la survie de notre humanité.

Floriane Loficial prit congé de son hôte de quelques minutes. Une famille l'attendait. Un compagnon qui devait se ronger les doigts de ne pas voir arriver sa dulcinée.

Comme prévu, Ôssato rencontra son supérieur et lui fit part de sa réponse.

— Je ne suis pas surpris, jeune homme. « Tout enfant qui veut partager la kola qui se trouve dans le sac d'un adulte se met à son service », disent les anciens. En homme subtil et éclairé, tu as su déceler le chemin qui t'ouvre à l'espoir.

Ainsi, pour donner corps à son projet, Ôssato était obligé de passer sous Les Fourches caudines d'un des acteurs responsables de la paupérisation du pays.

C'est sans doute le prix qu'avaient payé bon nombre de dirigeants qu'il vilipendait dans des cercles d'amis.

Chapitre 3

Les jours et les mois défilaient. Les économies d'Ôssato suivaient une progression exponentielle. La probabilité de quitter son pays dans des délais non imaginés devenait grande. Loin d'en être heureux, il paraissait tourmenté, torturé.

Quitter les siens représentait une épreuve. Laisser derrière lui la terre de ses ancêtres, même s'il savait que c'était pour un temps donné, une terre qui portait en elle son cordon ombilical, ne serait pas une frairie. Caleter les yeux fermés, les oreilles bouchées et, comme dans les rêves, décoller comme un avion de la dernière génération aurait effacé l'espace d'un temps, la douleur qui lui comprimait la poitrine.

Mlle Loficial avait pris une part importante dans sa vie. Le temps avait affermi leur amitié. Leurs fonctions les faisaient se retrouver tous les jours, mais les fins de semaine étaient aussi des occasions pour Ôssato de retrouver celle qu'il appelait affectueusement « notre princesse » avec son compagnon.

Après un bref petit-déjeuner, Ôssato se rendit à son bureau. M. Belo l'attendait.

— Comment vas-tu fiston ?

— Très bien monsieur Belo. Et toi ?

— En pleine bourre. Dis, après dix-huit mois passés avec nous, tu n'arrives toujours pas à m'appeler par mon prénom ?

— Il faut m'en excuser. Ce sont les restes d'une éducation où l'enfant et l'adulte ne se mêlent pas, fréquentent des espaces différents, ne prennent pas les repas ensemble…

— Tu n'es plus un enfant…

— Mais vous pourriez être mon père, voire mon grand-père et, à ces grandes figures tutélaires, je dois amour, affection, fidélité et respect des traditions.

À ces mots, Ôssato se demanda si ses parents auraient un seul instant admis qu'il trempe dans une obscure opération de corruption.

— Peux-tu me retrouver dans une dizaine de minutes dans mon bureau ? J'ai besoin de faire le point avec toi sur certains dossiers.

— J'y serai, monsieur Belo.

Ôssato ne posa pas de questions sur la nature des dossiers dont il devait parler avec son supérieur. Il avait fini par cerner le personnage qui l'avait embauché et s'était habitué à trouver des solutions à des problèmes dont il ignorait la genèse.

Monsieur Belo lui proposa une augmentation conséquente du salaire des ouvriers et le doublement dans le même temps du nombre de travailleurs fictifs.

Ôssato accepta, sans broncher, de constituer le dossier qui devait atterrir sur le bureau du PDG.

La ligne rouge venait d'être franchie. Et il savait qu'à force de flirter avec l'abîme, on finissait par y plonger.

Le temps était venu de quitter San Pedro et tous ses amis, mais surtout Floriane.

Il profita d'une des fameuses réunions de service que convoquait le DG pour demander à son amie de le raccompagner.

— Floriane ?

— Oui Ôssato, que veux-tu ? Tu n'as pas ouvert la bouche tout le long du trajet. As-tu un souci ?

— Non, pas spécialement…

— Qu'est-ce à dire pas spécialement ?

— Dans un peu plus d'un mois, j'abandonne mes fonctions et je quitte San Pedro. J'aimerais présenter ma démission par écrit au DG et je voudrais savoir ce que tu en penses.

Floriane Loficial resta sans réaction. Le temps semblait suspendu.

— Ai-je bien compris ce que tu as dit ? Tu veux quitter San Pedro ? Comment t'est venue cette décision et quand l'as-tu prise ? Inutile d'ajouter que je n'attends que la vérité.

Ôssato s'aperçut que les membres de Floriane tremblaient. Son visage avait perdu sa sublimité. Il ne la reconnaissait pas. Il était consterné. Il ne comprenait pas, se sentait totalement déconfit.

— Je pense qu'il se fait tard. J'ai pleinement eu tort d'aborder ce sujet. Je m'en excuse beaucoup.

— Je suis la seule à estimer quand je dois rentrer chez moi. Pourquoi ne veux-tu pas sans ambages répondre à ma question ? Je t'écoute, s'il te plaît.

Les derniers mots furent prononcés dans des sanglots à peine dissimulés. Ôssato réalisa qu'il était dos au mur et qu'il lui fallait ouvrir son cœur à cette femme dont la réaction à ses premiers mots l'avait désarçonné.

— Je suis sincèrement peiné de t'apprendre les choses ainsi. J'estime ne pas pouvoir suivre le DG dans sa nouvelle et hasardeuse aventure. Pendant de longs mois, j'ai suffisamment chargé le bateau de la honte, de l'indignité et de l'opprobre. J'ai amassé une fortune pour quelqu'un qui a débarqué dans cette ville presque nu. Cette richesse, loin de me rendre radieux, me plonge chaque nuit dans des cauchemars. J'ose espérer que le sacrifice en vaudra la peine.

Rendre quelques habitants d'une ville malheureux pour des causes qu'on estime nobles peut se discuter. Figer le destin d'une ville entière ne trouve aucune justification. Monsieur Belo a poussé le curseur à un niveau indécent. Et je ne peux y adhérer, d'où ma décision de rendre le tablier.

J'ai pris cette décision après notre dernier tête-à-tête dans son bureau. J'ai alors cherché le moment propice pour te le dire. Je réalise que je n'ai pas su faire. Je te prie de m'en excuser. On dit chez nous qu'on ne peut ramasser l'eau qu'on a versée, mais j'implore ton pardon.

Floriane Loficial ne l'entendait plus. De fines larmes perlaient sur son visage. Ôssato la fit asseoir. Son comportement et ses gestes frisaient ceux d'un aliéné. Il se racla plusieurs fois la gorge, retint son souffle, puis lâcha :

— Princesse, parle-moi, dis-moi quelque chose, n'importe quoi mais brise le silence.

Floriane Loficial ne bougeait pas. Le temps s'écoulait et Ôssato s'inquiétait de ce que pouvait ressentir à cet instant le compagnon de Floriane. L'angoisse qui devait être la sienne de ne pas voir arriver celle avec qui il partageait sa vie depuis des lustres. Ôssato était désemparé, désarmé, incapable de la moindre initiative pouvant faire évoluer la situation.

— Si tu quittes San Pedro, je pars avec toi.

La sentence venait de tomber. Le ciel s'ouvrait mais une planète venue d'ailleurs s'abattait sur la tête de l'assistant du DG. Cette fois, c'est lui qui trémulait de tout son corps. Il aurait voulu demander à Floriane de répéter ce qu'elle venait de dire. Mais il n'osait pas. Elle reprit la parole d'une voix douce et assurée. Les larmes avaient séché. Le mur du son avait été franchi.

— Ma vie n'a plus jamais été la même depuis ce jour où tu as ouvert la porte de mon bureau. J'ai pris soin de ne pas me jeter à ton cou. Je ne te connaissais pas et je me considère comme mariée. Des jours entiers, des nuits longues et entières, je me suis demandé ce qui m'arrivait. J'aurais pu me sortir de ces épreuves quotidiennes si tu n'avais fait que passer. Ta présence régulière à quelques mètres de moi rendit le contexte presque ingérable. Chaque jour, chaque semaine, chaque mois, tu as envahi ma tête, mon esprit. Tu as pris possession de mon corps. Je vivais avec un homme que j'ai aimé, mais je ne lui appartenais plus. Je n'ai jamais autant aimé me rendre à mon travail. Te regarder silencieusement, percevoir ton sourire, écouter ta voix si envoûtante fut des instants de bonheur pour moi. Les premiers week-ends où tu ne venais pas nous rendre visite mon compagnon et moi, parce que ne nous connaissant pas encore assez, furent des souffrances physiques pour moi. J'ai dû dire à mon compagnon qu'il fallait que je vous présente l'un à l'autre. Et j'avais ajouté dans la foulée que ce serait bien que tu passes si possible régulièrement les week-ends avec nous puisque tu ne connaissais personne à San Pedro. Il hésita un instant car je n'avais jamais parlé auparavant autant d'un collègue de bureau. Mais il comprit que c'est que je voulais et il accepta. Ainsi, je pouvais te voir presque tous les jours.

Je ne peux pas envisager la vie sans toi. J'ai le sentiment de n'avoir jamais existé avant de te connaître.

Ôssato, je ne suis pas seulement amoureuse de toi, je t'aime et je te considère comme un bout de moi-même. Mon bonheur fut sans partage à chaque fois que tu m'as sollicitée pour avoir mon avis sur un sujet donné.

Tes humeurs entraînent les miennes. Tes silences me plongent dans le désarroi. Un échange un peu vif avec notre DG parce que tu n'approuves pas une quelconque orientation donnée à ton activité du jour et je perds le nord. Je ne retrouve l'entièreté de mon être que quand je te vois à nouveau sourire.

J'ai espéré avoir le pouvoir de supprimer le temps qui sépare notre au revoir à la fin de la journée au bonjour de nos retrouvailles le lendemain matin.

Chaque soir, chaque nuit, chaque jour, j'ai imaginé par des scénarios dignes d'un film hollywoodien comment te clamer mon amour. Mais je me suis surtout sentie mal à l'aise, abjecte, ignominieuse vis-à-vis de mon compagnon. Il ne méritait pas cela. Je n'avais aucun contact intime avec toi, tu ne savais rien de ce que je ressentais, du moins je le suppose, mais ma tête t'appartenait, je sentais mon être tien. Et cela était injuste, odieux pour mon compagnon qui m'a d'ailleurs plus d'une fois demandé à quoi je pensais, pourquoi il soupçonnait mon esprit ailleurs. J'ai fabriqué des subterfuges pour me sortir du guêpier où je me mettais régulièrement.

Je savais que la situation n'allait pas durer éternellement ainsi. Le temps serait venu où je devrais être audacieuse pour faire tomber les habits de l'inconfort, du faux-fuyant. Je ne l'avais pas pensé dans ces conditions.

Voilà, je m'arrête là sinon je pourrais parler toute la soirée. Je dois rentrer, mais avant cela, j'aimerais t'entendre.

Ôssato avait écouté religieusement Floriane. Il était ébahi. Pas un seul instant il n'avait conjecturé une telle issue.

Le « je pars avec toi » avait tout englouti. Il convoitait sans doute involontairement une petite noix de coco et sa perche décrochait une grappe entière.

Floriane était ravissante, d'une beauté rare. Mais elle était surtout fine, subtile, avec un esprit vif, un esprit au laser pour séquencer des problèmes donnés. Il s'était demandé mille et une fois comment cette jeune femme aux capacités multiples avait échoué dans les fonctions d'une secrétaire particulière.

L'un de ses objectifs était de la faire partir du port de San Pedro et lui faire obtenir une fonction à la dimension de ce qu'il estimait être à la hauteur de ses qualités.

Floriane devait quitter San Pedro et il était prêt à envisager la possibilité avec son compagnon.

Le champ dans lequel celle qu'il appelait avec une infinie tendresse « Princesse » avait inscrit ce départ, bouleversait tous les plans, rendait caduques ses idées.

Il devait réagir maintenant, dans une urgence non prévue. Floriane attendait. Floriane devait regagner son domicile.

— Je suis à la fois touché et troublé par tout ce que tu viens de dire. Je serais dans l'hypocrisie si je te cachais que j'ai béni le ciel de m'avoir mis sur ta route. Je n'ai presque pas fermé l'œil à la suite de notre première rencontre. Pour mon premier rendez-vous avec M. Belo, je me suis acheté de nouveaux habits. En réalité, j'ai essayé de me faire beau pour toi. Quarante-huit heures après t'avoir vue dans ton bureau, j'ai eu la nette sensation que le Seigneur ne m'avait pas fait venir à San Pedro pour seulement gagner de l'argent, mais pour aussi pour te rencontrer.

Mes euphories subites à l'évocation de ton nom étaient refroidies par un fait inéluctable : ta situation maritale. Mon éducation et mes principes ne m'autorisaient pas d'autres liens avec toi que ceux de l'amitié.

Amoureux de toi, je l'ai été et je le suis. Le soleil se cache difficilement avec un doigt. Dans un autre monde, dans une autre configuration, je t'aurais prise dans mes bras, je t'aurais tellement serrée contre moi au risque de te briser les côtes, je t'aurais embrassée et crié le bonheur qui irradie mon cœur et mon corps.

Princesse Flo, tu as occupé mes nuits. Tu es cette interlocutrice absente avec laquelle je discute des heures entières chez moi.

Fasciné par ta beauté, ton sens de la répartie, tes facultés multidimensionnelles qui te font traiter plusieurs sujets simultanément, j'ai par moments cru que tu n'étais pas une créature humaine.

Donnons-nous le temps de nous retrouver et je répondrai sur le fond à ta volonté de partir avec moi. Quel homme ne voudrait-il pas partir à l'autre bout du monde avec toi ?

La sagesse commande que tu rentres chez toi.

Floriane se leva comme projetée par un ressort et se jeta dans les bras d'Ôssato. Ils s'enlacèrent silencieusement, puis elle prit la route qui la conduisait à son domicile.

Ôssato resta assis, le menton entre le pouce et l'index, interdit.

Dieu qu'il était amoureux de Floriane ! mais il avait fini par devenir un ami de Peters, le compagnon de sa collègue. Un crève-cœur. Pour l'avoir côtoyée presque pendant deux ans, il savait que Floriane ne reculerait pas. D'un caractère trempé, elle affrontait avec fougue et sans mollesse l'adversité et ne rechignait pas à se voir confier des dossiers du service jugés délicats. Ennemie jurée des atermoiements, Floriane ne flanchait pas, quoi qu'il lui en coûte.

La question pour Ôssato n'était plus d'essayer de la faire revenir sur sa décision, mais de trouver une sortie qui ne soit pas une déflagration pour les êtres auxquels ils étaient attachés. Comment partir sans que Peters le sache ? Et si d'aventure cela arrivait, quelle serait sa réaction ? Une chose est qu'un homme entretienne des liens intimes avec une femme mariée à l'insu de son mari, une autre est de disparaître avec la compagne de celui qui, au fil du temps, était devenu un ami, parfois même un complice.

Il arrive que des personnes que la vie nous donne de côtoyer passent de la lumière au monde lugubre sans qu'on cerne le vecteur du changement subit. La trahison des êtres qui ont fait partie de notre quotidien depuis longtemps peut passer de l'incompréhension à la perte de sens de ce qui fonde les ressorts de la vie humaine.

Ôssato avait, à cet instant, peur d'abîmer Peters dont Floriane paraissait être l'alpha et l'oméga. Un dilemme cornélien.

Et son père finirait par apprendre que son fils dont il était si fier avait brisé un foyer et était parti avec la femme d'un ami. Une maison d'éducation et de principes soulignés, détruite, sacrifiée sur l'autel de l'amour.

Pourquoi le Créateur avait-il permis cela ? Ôssato oubliait que Dieu nous fait libres et maîtres, en êtres indépendants, de nos choix.

Ah, si Ôdjo Kolo pouvait être là.

Le sommeil se refusait à lui. Il sombra dans ces instants où nos erreurs factuelles nous font parcourir la trajectoire de nos vies. On se livre alors sans calcul au bilan de nos actions et de nos choix depuis que le Créateur nous a donné notre billet d'entrée sur la terre des hommes. Les réussites sont minimisées, étouffées dans une armoire sans air. Les échecs, en particulier celui du jour ou de l'instant, sont offerts au miroir grossissant d'une analyse sans concession. L'on pense alors que notre inconfort du moment est le résultat du chemin de traverse emprunté il y a quelques années.

— Et si j'avais su taire mes révoltes, et si je m'étais uniquement et exclusivement consacré à mes études que j'avais la chance de mener brillamment, comme me l'avait à maintes reprises conseillé un de mes cousins, et si j'avais accepté la proposition de mon père spirituel qui m'avait demandé de travailler auprès de lui au ministère du Budget de l'État dont il était le patron, et si…

La suite des nombreux si constituait le pont entre son passé et le présent dont il refusait inconsciemment d'affronter les réalités.

Comme l'épervier, il pouvait tourner aussi longtemps que la nuit le lui permettrait autour de la proie mais, *in fine*, il lui faudrait résoudre l'épineuse équation portée par le « je pars avec toi ».

Depuis l'Antiquité, les femmes avaient trompé leur mari avec des amants en qui elles enfouissaient toutes les qualités humaines.

Depuis la nuit des temps, les hommes avaient quitté leur épouse à qui ils avaient juré fidélité jusqu'à ce que la mort les sépare pour s'envoler avec des maîtresses devenues, le temps d'une folie, des êtres sans tâche.

En partant avec Floriane, il ne révolutionnerait pas les mœurs de l'humanité. Aucun homme, aucune femme ne lui jetterait la pierre, se convainquit-il.

Il omettait juste un détail : les circonstances entourant la trahison ou ce qui pourrait être considéré comme une forfaiture.

La justice divine ou celle des hommes tient toujours compte des circonstances dans lesquelles le délit s'est produit. Si tel n'est pas le cas, elle est jugée expéditive ou sans fondement.

Il n'avait pas rencontré Floriane sur le quai d'un bateau en femme libre de tout engagement. La belle créature de Dieu était entrée dans sa vie avec… son compagnon. Il avait pris soin de les accueillir à bras ouverts tous les deux. Les circonstances.

Il savait qu'il lui restait à présent à trouver les mots, les phrases appropriées pour échapper au regard réprobateur des êtres dont il redoutait le jugement.

Morphée avait fini par le recevoir dans son merveilleux palais où l'on s'oubliait, le temps d'une nuit.

Chapitre 4

Il se leva promptement du lit. Ses premières pensées furent pour Floriane. Le vin était tiré, il ne restait plus qu'à le boire.

Il appréhendait le retour au bureau. Il ne pensait pas Floriane capable de se trahir par un geste maladroit, une parole mal ajustée. Mais les échanges de la veille avaient ouvert une autre voie, un autre monde, mis la lumière sur les portes d'une vie nouvelle.

Il n'allait plus arriver à son bureau comme l'ami de Floriane, son oreille attentive, celui qui l'apaisait quand son sang ne faisait qu'un tour, à la suite d'une parole malheureuse de M. Belo.

Il allait retrouver son service avec les habits du compagnon véritable de la secrétaire particulière. Un rôle, une fonction dont il avait, jusqu'à ce fameux soir, ignoré les attributs.

Les jours défilaient. Ôssato avait transmis un dossier bien ficelé aux services du PDG. La réponse fut positive. La joie fut totale parmi les ouvriers. Ils pouvaient, pour les mois et sans doute les années à venir, circonscrire les besoins de leur famille. Ôssato en éprouva une satisfaction personnelle. La face sombre de cette alchimie restait la multiplication par deux du nombre des travailleurs imaginaires. Mais l'assistant du DG n'aurait plus à faire souffrir sa conscience. Dans moins de trois semaines, il serait parti, laissant M. Belo patauger dans sa mare de malversations, de détournements des deniers publics, de pestilence.

Profitant d'un déplacement professionnel de son compagnon, Floriane proposa à Ôssato de la rejoindre à son domicile.

— Comment vas-tu Ôssato depuis notre dernier échange chez toi ?

— Je ne comprends pas ta question. Nous avons eu à travailler ensemble depuis ce soir-là. Tu as eu l'opportunité de lire sur moi mon état.

— Je ne t'apprends rien en te disant que nous nous sommes comportés en professionnels avertis. Et nous n'avons pas eu, depuis lors, la possibilité de nous retrouver seul à seule. Le départ de Peters en mission pour le compte de son travail est une aubaine. Reprenons donc notre explication. Mais auparavant, je m'excuse d'avoir manqué à notre tradition. Je ne t'ai même pas proposé à boire.

— Merci, je n'ai pas soif pour l'instant. Je t'ai exprimé ce que je ressentais l'autre soir. Je n'ai pas beaucoup de vécu dans le domaine, mais je t'avoue que je perds mes moyens à ta vue. Je suis dans le contrôle permanent de mon être pour ne pas vaciller. Combien de fois ai-je fabriqué un monde où tu vivais seule et disposée à écouter les battements de mon cœur ?

Tu veux partir avec moi. C'est un honneur et une fierté pour moi. Je doute fort de le mériter, mais cela me rend heureux et me donne la force d'affronter les éventuels écueils à venir. Seul à mon domicile, mes pensées ont chaque jour convergé vers toi. J'ai rêvé de toi dans la majeure partie de mes nuits. Je t'ai imaginée à mes côtés, mais j'ai dans le même temps chassé cette pensée puisque tu es avec Peters qui est devenu un ami.

Je pense à tous ceux et à toutes celles pour lesquels nous représentons une poche de moralité dans une société décadente. Mais mes pensées premières vont à Peters. Ai-je le droit, sommes-nous fondés à lui faire cela ? Comment va-t-il réagir ?

Je propose deux choses : je voudrais que tu discutes avec lui et que tu lui signifies en des termes choisis la fin de votre aventure. Tu pourras insister sur ce qu'il a représenté pour toi et sur ta volonté manifeste de garder les meilleurs liens possibles avec lui.

Quelle qu'elle soit sa réaction, et je la souhaite apaisée, tu ajoutes que tu voudrais prendre un peu de recul chez tes parents à Abidjan. Il serait impensable pour moi que nous quittions tous les deux San Pedro le même jour. Je ne serais pas surpris qu'un canard titre sa une : « La fuite des amants diaboliques ». Le journal auquel je fais allusion ici, et qui n'existe que dans mon esprit parce que nous ne sommes nullement des personnages publics, est notre entourage, les personnes avec lesquelles nous avons partagé des bouts de notre temps.

On se retrouverait alors à Abidjan.

Floriane avait pieusement écouté Ôssato sans l'interrompre. Elle était heureuse des suites données à sa décision. Elle se leva de son fauteuil et alla s'asseoir sur les cuisses d'Ôssato. Celui-ci fut surpris, mais n'en était pas moins ravi et comblé. Il l'attira contre lui et posa sa tête au creux de son épaule.

— J'approuve tes deux options, mais je ne te cache pas que la première me paraît bien difficile à accomplir. J'ai peur de sa réaction et je ne sais pas dans quel état je serai s'il est dévasté.

Même si je ne l'aime plus, j'ai passé quelques années avec lui et c'est quelqu'un de foncièrement bon. Mais je veux vivre avec toi ou ne plus vivre.

J'irai chez mes parents deux à trois semaines après ton départ.

Mais qu'est-ce qu'on fait de Tonton Belo ? Et as-tu déjà pris ton billet pour la France ? As-tu déjà des dates de départ ? Il faudrait que je puisse, en fonction de cela, acheter le mien.

C'était la première fois que Floriane disait « tonton » en parlant de leur supérieur, dévoilant ainsi son côté espiègle. Elle se sentait libérée d'un poids. Ses pensées, son cœur et son corps pouvaient maintenant vibrer à l'unisson. Les batailles intérieures s'étaient enfin achevées. Un autre horizon s'ouvrait, une autre page de l'histoire de sa vie pouvait s'écrire.

— Il est devenu presque impossible d'avoir un visa pour la France pour les personnes de notre situation sociale. Y aller dans le cadre qui serait le nôtre exigerait de solliciter un visa long séjour. Et je ne dis pas la somme des documents réclamés pour la constitution du dossier, mais surtout la caution exigée, évaluée à des dizaines de millions de nos francs. Même mon budget, que j'estime pourtant conséquent, ne répondrait pas aux conditions fixées.

J'ai donc envoyé une dizaine de millions à un ami pour qu'il me fasse obtenir « un faux visa ». Il m'a dit il y a quarante-huit heures qu'il avait presque bouclé le dossier.

— Excellente nouvelle. Tu n'as plus qu'à le joindre à nouveau pour qu'il se penche sur mon cas.

— Ce sera fait dès demain. Il faut que je rentre, Flo. On se retrouve au bureau. Je ne peux m'empêcher de penser à Tonton Belo.

— Ne me dis surtout pas que tu as un quelconque remords à l'idée de le quitter dans les conditions que l'on sait ou que tu éprouverais un soupçon de compassion pour lui.

— Je ne saurais définir exactement ce que je ressens. Je n'oublie pas que, bien que nous réprouvions certaines pratiques pour des raisons diverses, nous les avons fait vivre. Et nous formions un trio uni dans cette mare de boue destructrice. Tonton Belo a fait partie de nos vies jusqu'à ce jour.

— Faux, archifaux na Délei. Nous n'avons eu que des rapports professionnels avec Tonton Belo. T'a-t-il un jour invité chez lui en dehors de ce fameux soir où il devait t'expliquer ton rôle d'assistant ? As-tu passé un week-end avec lui un seul jour ? Vous êtes-vous retrouvés à boire un verre en dehors du bureau ? Cet homme a été notre compagnon des basses besognes et rien d'autre à mon sens.

— Je réponds non à toutes tes questions, mais comment m'as-tu appelé ? Ai-je bien entendu ?

— Tes oreilles ne te jouent pas des tours. Je me suis renseignée auprès d'une amie qui a eu la gentillesse de me donner le sens des deux mots que j'ai utilisés. Et c'est ainsi que je t'appelle à ton insu depuis que tu as emporté mon être. Dans ta langue, ces deux mots signifient « mon cœur ». Mais sache que DELEI est le condensé de Diamant Effilé aux Lèvres Épicées et Idylliques. Tu es mon cœur au sens propre du terme. Tu me quittes et je ne suis pas sûre de pouvoir respirer. J'espère que tu en auras conscience un jour. Tu le voudrais que je marcherais toute nue dans la ville. Tu l'exigerais que je sauterais du haut d'une falaise, na Délei.

Ôssato était ébloui, sans réaction. Il se sentait privilégié. Cette jeune dame dont les images et la voix avaient meublé l'essentiel de ses nuits lui avait fait de la place dans son jardin.

C'était au-delà de tout ce qu'il avait pu imaginer. Il l'attira contre lui et murmura d'une voix à peine audible.

— J'espère être à la hauteur de tes sentiments. Je prie le Seigneur pour qu'il me fasse demeurer l'homme que tu aimes. J'ai toujours été hanté, pour tous les êtres qui me sont proches, par l'effrayante et magnifique chanson du chanteur français Léo Ferré *Avec le temps…* Flo, je voudrais tant grimper la montagne avec toi, contempler le monde et la vie à son sommet de notre regard commun, puis la redescendre unis et rire dans un même élan de nos réussites et nos échecs en attendant pour le plus longtemps possible, la faucheuse… Flo, je t'aime, tu es mon premier amour et que Dieu fasse que tu restes mon seul et unique port.

Floriane Loficial était touchée, ébranlée. Elle étreignit davantage Ôssato. Son Délei n'était pas son premier amour. Elle eut un pincement au cœur, mais se souvint de ce que lui disait souvent sa grand-mère : « Nous avons notre premier amour et il nous arrive d'avoir plusieurs amours, mais en réalité, nous n'avons qu'un amour dans la vie, l'homme de notre vie. Et quand la Providence le met sur notre chemin, il s'invite dans toutes nos fibres humaines et s'installe en nous. Comme une évidence. On peut traverser le monde des humains sans le rencontrer. Il peut arriver de rencontrer des hommes avec lesquels nous faisons des bouts de route, dans des passions dévorantes qui meurent comme elles étaient venues. On peut commencer et terminer sa vie avec un homme à qui nous avons tout donné et qui nous l'a bien rendu. Un homme que nous avons aimé, dans une certaine dimension. Mais toucher le Graal est unique… »

Ôssato était l'homme de sa vie. Une évidence. Tout en enlaçant son collègue de bureau d'hier, elle remercia à haute voix le Créateur.

— Il faut que je rentre.

— J'aurais aimé te garder, mais…

— Le temps n'est pas loin où je me réveillerai à tes côtés, je l'espère…

— Je ne rêve que de cela. Allez, sauve-toi.

Chapitre 5

Aussitôt arrivé chez lui, Ôssato téléphona à son ami Kiwé en charge de lui faire obtenir un visa. Ses différents appels tombèrent sur la messagerie.

Il rangea mécaniquement les différents objets éparpillés sur son bureau et découvrit *Une saison blanche et sèche* d'André Brink qu'il s'était promis de lire depuis bien longtemps. Il plongea dans le roman et c'est le sommeil qui mit fin à leur corps à corps.

Il retrouva avec une joie non dissimulée Floriane Loficial à leur bureau. En fin d'après-midi, elle lui glissa un mot : « N'oublie pas mon visa na Délei, je t'aime… ».

Il s'exécuta sur le champ, mais le téléphone de Kiwé semblait fermé. Il composa le numéro d'un ami commun. Il fut surpris d'entendre son interlocuteur lui répondre que Kiwé n'avait pas non plus répondu à ses appels.

— Et tu n'as pas cherché à aller à son domicile pour…

— C'est la première chose que j'ai faite.

— Et alors ?

— J'ai trouvé sa compagne qui m'a dit d'une voix monocorde que Kiwé avait voyagé.

— Pour quelle destination ?

— Elle n'a pas voulu me le dire. J'ai essayé de « mythoner » en lui faisant croire qu'il était d'une extrême urgence de rentrer en contact avec lui, elle est restée de marbre.

— Et qui autour de nous pourrait nous renseigner ?

— Je ne vois personne mieux indiqué que sa compagne. Attendons quelques jours et on verra.

— Mais je ne peux malheureusement pas attendre. Je dois savoir. Je lui ai confié une mission et j'ai besoin d'être fixé sur son avancement.

— Je suis vraiment désolé Ôssato. Je poursuis les recherches et je t'appelle si j'ai quelque chose de nouveau.

Ôssato avait raccroché, le regard perdu dans le vide. Incapable du moindre mouvement.

Il fut sorti de sa prostration par M. Belo.

— Alors fiston, ça va ? Tu sembles soucieux.

— Oui ça va. Je n'ai pas de nouvelles d'un ami et cela m'intrigue un peu.

— Et personne ne peut te renseigner ? Vous n'avez pas des amis communs ?

Ôssato n'avait pas envie de poursuivre la conversation avec M. Belo, mais il fit quelques efforts pour ne pas paraître désobligeant.

— Si, si, je pense pouvoir être rassuré d'ici ce soir. Ne vous en faites pas.

— Je voudrais qu'on fasse demain le point sur les nouvelles données. Je pense que tu devrais bien t'en tirer si tout évolue comme je le souhaite.

— Oui, certainement monsieur Belo. On en reparle demain si tu le veux bien. Je dois terminer un dossier.

Tonton Belo comprit que son assistant n'était pas d'humeur à poursuivre le dialogue. Il retourna à son bureau.

Où Kiwé pouvait-il être au point de ne pas décrocher son téléphone ? Il était au moins sûr que rien de regrettable ne lui était arrivé. La sérénité de sa compagne en faisait foi.

Il fit part de son anxiété à Floriane.

— C'est ennuyeux na Délei. Et je n'aime pas te voir dans cet état. Il n'y a qu'une chose à faire à mon avis. Aller sur place pour savoir.

— Tu as raison Flo, mais je ne pense pas revenir à San Pedro si je pars. Je ne prévoyais pas quitter cette belle petite ville qui m'a tant donné en si peu de temps dans ces conditions. Attaché aux éléments de la nature, j'envisageais de consacrer les dernières quarante-huit heures à dire un au revoir solennel au fleuve Sassandra, à l'immense forêt qui m'a tant reçu, à la plage qui m'a offert, après le bureau, la beauté de son sable fin et l'immensité de sa vue.

— Mais rien ne t'empêche de le faire na Délei. Il est vrai que tu ne peux pas vivre avec la même intensité cette séparation en songeant à ton voyage et à ces éventuels désagréments à ton arrivée là-bas.

— C'est décidé, je pars après-demain. Pourrais-tu me tenir compagnie demain à la plage ?

— Ce serait notre première sortie à deux. Je trépigne à l'avance. Gloire soit rendue au Seigneur. Chaque instant qu'il permettra que je passe à tes côtés sera béni.

Le voyage envisagé quelques semaines plus tard était anticipé. Il fallait faire les valises plus tôt que prévu, voir le propriétaire de la luxueuse villa qu'il louait et lui annoncer sans circonvolution la fin du bail. Il n'avait pas donné le préavis réglementaire. Il en paierait le prix, mais c'était sans importance.

La plage était presque déserte. Le grandiose océan Atlantique était calme comme s'il savait que l'un des visiteurs de cette fin d'après-midi le saluait sans doute pour l'une des dernières fois. Floriane et son Délei avancèrent dans l'eau jusqu'au-dessus des chevilles. Ôssato but une petite gorgée de cette eau salée, murmura quelques paroles qui échappèrent à la compréhension de Floriane. Le lien qu'Ôssato entretenait avec les créatures de l'univers relevait d'un autre monde. Il pouvait s'asseoir sous un arbre, lui parler comme si celui-ci lui répondait et l'embrasser avant de le quitter. Cette aptitude à se lier d'amitié avec toute créature vivante en faisait un être singulier. Son meilleur ami, son confident, son mentor n'était-il pas Ôdjo Kolo, une vieille tortue mâle ?

Les deux amants s'assirent sur le sable fin et contemplèrent sans bruit, la beauté de cette plage unique.

— Sais-tu, na Délei, que c'est la première fois que nous nous retrouvons ainsi seuls ?

— Mais nous l'étions la dernière fois chez toi.

— C'est différent, mon amour. J'ai juste le sentiment que nous sommes dans un lieu à nous, sans interférences extérieures, sans une photo au mur qui nous rappelle ma trahison, mon infidélité. Je me sens pleinement à toi et je prends à témoin cette splendide plage, cette mer qui nous regarde avec magnanimité, ces cocotiers, ces coquillages et toute cette nature. J'ignore ce que demain nous réserve, mais je porterai en moi ces doux instants.

— J'ai tenu à les partager avec toi. Sentir les mêmes odeurs, poser notre regard sur les mêmes objets et entendre les mêmes sons au même moment a fait partie de mes rêves. J'en suis au commencement et je suis simplement heureux d'être là.

Floriane déposa son amant à cinq cents mètres de son domicile à la demande de celui-ci. Ôssato avait souhaité faire le reste du chemin à pied. Une dernière fois.

Au rendez-vous de son supérieur pour passer en revue les différentes situations de l'entreprise, il avait exprimé son désir de se rendre urgemment à Abidjan pour raison familiale. M. Belo n'y avait pas vu d'inconvénient.

Ôssato savait que c'étaient les derniers échanges qu'il avait avec cet homme qu'il avait fini par aimer comme un oncle. Il récusait ses pratiques dans lesquelles il s'était lui-même vautré. Mais la bonhomie dont il ne se départissait pas et sa jovialité qui lui collait au corps le rendaient sympathique.

Ce côté affable dissimulait, hélas, un mafieux, un monstre froid qui, avec des individus de la même espèce, mettait en coupe réglée le pays, hypothéquait son avenir et celui de ses enfants.

Il lui avait laissé un mot dont celui-ci prendrait connaissance le lendemain. C'est Floriane qui se chargerait de ce lourd fardeau.

« Monsieur Belo, c'est avec beaucoup de tristesse et un pincement au cœur que je t'écris ces lignes. J'ai trouvé à tes côtés, un père, un grand-père, un oncle selon les jours. Tu m'as donné sans me connaître l'opportunité de réaliser un de mes objectifs majeurs. Je ne te dirai jamais assez merci. Il faudra considérer chaque lever du soleil comme un renouvellement de ma reconnaissance envers toi.

Je démissionne à ce jour de mes fonctions d'assistant. Je n'oublierai pas ce que j'ai appris à tes côtés, mais je ne pouvais plus poursuivre l'aventure avec toi. L'auteur de ces lignes est un jeune homme meurtri, déchiré, en conflit avec son éducation, ses principes et ses valeurs. Ce que nous avons fait et nous faisions avec Floriane est une gangrène pour notre société. Que vaut une maison construite sur du sable ? Au moindre coup de vent, elle est emportée. Que pèsent un État et une nation bâtis sur la corruption et la gabegie ? Un océan de souffrances pour ses filles et ses fils à l'horizon.

Parce qu'au milieu du fleuve et ne sachant pas nager, j'ai saisi la première bouée que tu m'as lancée. Elle m'a permis de sortir de l'eau et, sans doute, de pouvoir demain tendre la main à d'autres qui auraient besoin de mon concours.

Voulant davantage t'enrichir et donc assécher à terme les finances du port, tu as poussé le curseur à un niveau que je ne peux accepter.

Tout en te renouvelant mon amitié et mon affection, je te prie de "quitter dans ça" comme on dit chez nous. Pense aux générations de tes petits-enfants.

Merci encore pour tout ce que tu as fait pour moi. Que Dieu te garde, Ôssato. »

Chapitre 6

Ôssato quitta San Pedro le cœur en peine, en larmes. Il y avait découvert de façon saisissante en vingt-quatre mois, le monde aigre et flexueux des adultes. Il y laissait surtout, pour quelques semaines encore, Floriane, son amour qui avait tout jeté par-dessus bord pour le suivre.

Le voyage ne fut pas de tout repos, ponctué par de nombreux arrêts à des contrôles de police. Après être descendu du car, il prit un taxi qui le déposa directement à Yop city où il louait un petit appartement de deux pièces. Il voulut s'imprégner de l'ambiance des maquis bruyants de Yop city mais se rétracta. L'envie n'était pas réellement au rendez-vous. Il voulut juste que la nuit soit courte pour s'enquérir des nouvelles de Kiwé auprès de son épouse.

Éliane Kiwé le reçut comme si elle l'attendait.

— As-tu fait un bon voyage ? Tu m'as l'air bien en forme. San Pedro te va bien.

— Le voyage a été un peu éreintant, mais nous sommes arrivés à bon port et c'est l'essentiel.

— Quelles sont les nouvelles ?

— Rien de spécial. J'avais confié une mission à ton homme et je n'arrive pas depuis quelques jours à le joindre. Lawson m'a dit être venu te voir et tu lui aurais dit que Kiwé a voyagé sans lui préciser son point de chute.

— Lawson est effectivement passé ici et je lui ai répondu ce qu'il t'a dit. Kiwé m'a juré de ne révéler à personne sa destination. Je suis vraiment navré, Ôssato.

L'ancien assistant de M. Belo se retint pour ne pas exploser, puis prit congé de son amie dont il ne tirerait certainement aucune information utile.

Il se mit à se ronger les ongles comme à chaque fois qu'un problème générait du stress en lui.

L'idée lui vint de rendre visite à Sanpitié, un oncle confident de Kiwé. L'homme, au surnom hérité de la guerre d'Indochine à laquelle il aurait participé et dont il serait revenu après avoir « sans pitié » marché sur l'ennemi, ne cacha pas sa joie de revoir l'ami de son neveu. Sanpitié appréciait singulièrement les discussions avec Ôssato qu'il appelait affectueusement LCA (le coup d'avance) en rapport avec la capacité qu'avait l'ami de son neveu à trouver des solutions à des questions qui donnaient des insomnies à ses interlocuteurs.

— Alors LCA, laisse-moi d'abord te dire que je suis si content de te revoir ! Nos échanges m'ont manqué. Comment vas-tu mon garçon ? Et ta vie à San Pedro ?

— Je vais très bien, tonton Sanpi. Je suis aussi heureux de te revoir. Tu ne vieillis pas, tonton. J'aimerais avoir ton physique à ton âge.

— Et pourtant, je sens le poids des années qui passent. Contrairement à ce tu crois, je suis moins alerte et je mets facilement une minute à me lever là où il te faut cinq secondes. Mais bon, quelles sont les nouvelles et que m'apportes-tu de San Pedro ?

— Je suis un peu confus, Tonton, car ayant quitté San Pedro, précipitamment je n'ai pas pu te prendre quelque chose, mais je vais dès demain me rattraper ici. Je suis là car je suis sans nouvelles de Kiwé à qui j'avais confié une importante mission. Éliane refuse de me dire où il se trouve.

— Bizarre de chez bizarre. Que me racontes-tu là ? Ton ami Kiwé est parti en Finlande. C'est même moi qui l'ai conduit à l'aéroport. Mais cela fait un moment qu'il préparait ce voyage. C'est surprenant que tu ne sois pas au courant. Il m'a pourtant dit il y a quelques jours qu'il était sur un dossier pour toi. Quand j'ai voulu en savoir davantage, il est resté énigmatique et m'a juste répondu dans un rire que c'était secret défense. Je n'ai pas poussé ma curiosité plus loin.

Le reste des paroles de Tonton Sanpitié se perdit dans le bruit des cours communes qui annonçait la fin d'une journée de labeur.

Ôssato se sentait trahi, floué. Il était consterné. Un peu plus d'une dizaine de millions de francs CFA s'étaient évaporés. Les conditions dans lesquelles cet argent avait été gagné refirent surface. Il avait soustrait sous l'impulsion de M. Belo cet argent aux caisses de l'État, Kiwé le lui avait pris. C'était sans doute le circuit normal du bien impropre.

L'horizon venait de s'obstruer. Comment annoncer la nouvelle à Floriane ? Que faire ? Il avait encore des économies, mais elles ne suffiraient certainement pas pour engager d'autres actions et vivre dans l'hexagone où l'on disait la vie bien chère.

— Je te sens secoué, ébranlé. Qu'y a-t-il ?

Ôssato relata dans les moindres détails ce dont il avait chargé son ami, les raisons qui l'avaient conduit à San Pedro et ses projets immédiats.

Tonton Sanpitié était déconfit, dépité, quinaud. Il ne comprenait pas. Il maudissait le ciel d'avoir conduit son neveu à l'aéroport comme s'il avait pu flairer le coup tordu que son neveu faisait à cet instant à son ami de toujours. Il risqua quelques paroles de circonstance.

— LCA, ne te laisse pas abattre. Tu es le plus fort d'entre nos enfants. Tu dois te relever comme tu l'as fait hier. La noblesse de ton objectif n'est pas à démontrer. Le poignard que Kiwé t'a planté dans le dos doit décupler tes forces et ta volonté de faire aboutir ton dessein.

— Merci Tonton Sanpi. Rien ne peut faire obstacle à mon projet. L'action malsaine de Kiwé le retardera dans le temps. Elle ne peut le tuer. Je souhaite simplement qu'il réussisse dans son aventure. Il a une femme et deux enfants. Ce serait bien pour eux et cela me consolerait.

— Tu es un enfant de Dieu, LCA. Nous n'en avons jamais douté.

Ils se quittèrent en se promettant de se retrouver le plus tôt possible. Ôssato avait besoin de se reposer et de réagir avec une grande célérité. Il n'était plus seul dans le bateau. Floriane attendait, sans doute avec angoisse, les nouvelles d'Abidjan.

Il avait réussi à cacher son désarroi à l'oncle Sanpitié. Il était foncièrement désarçonné, meurtri. Non pas parce qu'il s'était fait déposséder de façon ignominieuse de plusieurs millions de francs CFA.

La raison de sa consternation avait un nom. Kiwé. Leur amitié datait de leur tendre enfance, aux temps où la vie n'est qu'insouciance, jeux et irresponsabilité. Le Créateur par ses parents lui avait donné une fratrie, la vie complétait la liste avec d'autres membres dont Kiwé. Il aurait fallu que ce dernier lui fasse part de ses soucis, de ses projets et Ôssato se serait exécuté sans calcul. Pourquoi son ami-frère avait-il fait le choix de l'infidélité à leurs liens, préféré la voie sans issue de la félonie ? La trahison d'un ami-frère ne détruisait pas seulement les liens entretenus, elle faisait revisiter chez l'être trompé le sens du rapport à l'autre, l'invitait à une introspection sur le poids des paroles dites, des actes posés et leur durée de vie. Il réalisait pleinement aujourd'hui ce que lui disait Ôdjo Kolo, la vieille tortue mâle. Personne ne naît méfiant, soupçonneux, parfois méchant, insensible à la souffrance des autres. C'est l'environnement et les trajectoires de nos vies, faites de rencontres multiples qui nous y invitent. Kiwé avait arraché un morceau de la partie du bien qui existe en chacun de nous. C'est cela qui le plongeait dans une déception abyssale.

Ôssato attendit que le soleil fasse disparaître l'ombre de son corps pour appeler Floriane. Il savait qu'à cette heure-là elle serait seule quelque part avant de reprendre le travail pour l'après-midi.

— Hello, Flo !

— Mon amour, comment vas-tu ? J'attendais avec fébrilité ton appel. Alors, as-tu retrouvé ton ami ? Je n'ai pas pu vraiment dormir ces deux précédentes nuits. Tu me manques tellement… Je me demande encore comment j'ai pu vivre sans toi… Mais je réalise que je ne te laisse pas placer un mot. Je suis tellement contente de t'avoir au téléphone que je perds le sens de toute mesure. Vas-y na Délei, je t'écoute.

— T'entendre me fait tellement de bien qu'à choisir je pencherais pour que tu parles pour nous deux. Je vais bien Flo, mais je n'ai pas de bonnes nouvelles.

— Quoi ?

— Kiwé s'est envolé pour la Finlande en se servant sans doute de l'argent que je lui avais envoyé pour les démarches de mon visa.

— Je n'arrive pas à le croire. Tu m'as pourtant répété que Kiwé était ton frère. Comment est-ce possible ?

— Le fratricide existe Flo. On pourrait le voir ainsi. La page est tournée. Il me faut rebondir, mais je ne cache pas qu'au moment où je te parle, je n'ai pas encore de visibilité. Je n'avais pas de plan B. C'est une faute grotesque. J'ai appris.

— Je vais avancer ma date d'arrivée à Abidjan. Je ne peux pas rester ici en te sachant dans la difficulté…

— Je suis heureux que tu sois entrée dans ma vie. C'est le fil rouge de mes prières le soir quand je m'adresse au Seigneur. Mais j'ai appris à me battre seul. Il ne faut pas brusquer les choses de ton côté. Je dois me sortir du précipice dans lequel Kiwé m'a balancé.

— Mon amour, ma décision est prise. Je te rejoins dans quelques jours. Je mourrai sinon.

— Et comment vas-tu t'y prendre avec Peters et, accessoirement, avec Tonton Belo ?

— Je ne dois rien à notre cher Tonton Belo. Je lui dirai simplement que j'arrête ma collaboration avec lui. J'y mettrai les formes, mais il n'y a pas de souci à se faire de ce côté. Avec mon compagnon, c'est une autre paire de manches. Il m'a dit hier soir que je n'étais plus la même depuis ton départ. Je n'ai pas su quoi répondre. Devant mon silence, il m'a alors demandé de lui dire ce qui n'allait pas et de ne pas manquer d'ajouter ce qu'il aurait raté du film.

Je me suis ressaisie pour rétorquer sans animosité que je n'étais pas allée au cinéma depuis belle lurette et que, par conséquent, je n'avais vu aucun film. Il a été surpris par ma réponse. Il m'a alors simplement demandé si j'avais eu de tes nouvelles. J'ai été à deux doigts de lui lâcher toute la vérité, mais le courage m'a fait défaut.

— Nous rentrons dans le dur. *La vie est un long fleuve tranquille* est le titre d'un film. Nous en sommes bien loin. Je ne voudrais pas que ta séparation d'avec Peters le brise. J'en porterais le fardeau. Nous marchons à présent sur des œufs et nous avons obligation de n'en casser aucun.

— Je suis la première à ne pas vouloir démolir Peters. Et je prierai pour que cela n'arrive pas, mais je veux te rejoindre na Délei. Je ne peux plus attendre. La manigance de ton ami Kiwé a tout changé. Hier, tu luttais seul parce que je n'étais pas là. Aujourd'hui, je veux me battre à tes côtés, t'épauler.

Comme elle l'avait décidé, Floriane Loficial quitta San Pedro une dizaine de jours après Ôssato. Elle avait dit à M. Belo que son ex-assistant lui avait ouvert les yeux sur des formations qui pouvaient booster son CV pour d'éventuelles promotions dans différents secteurs d'activité. Son patron lui avait répondu, de façon étrange, qu'il se doutait bien qu'elle ne serait pas restée longtemps avec lui après le départ d'Ôssato. Il lui souhaitait le meilleur et avait été l'un des patrons les plus heureux durant les années qu'ils avaient passées ensemble. Les yeux perdus dans le vide, il avait lâché qu'un empire s'écroulait, son empire, et que le temps était sans doute venu pour lui de raccrocher les gants. Il termina son laïus en ajoutant qu'il arrêterait parce qu'il n'y avait qu'un Ôssato au monde et aucune personne aussi rigoureuse et attentive que sa secrétaire particulière.

Floriane avait fait téléphoner à Peters par sa mère pour lui dire l'impérieuse nécessité de voir sa fille la rejoindre à Abidjan en raison d'un souci qu'elle avait avec le père de celle-ci.

La première réaction de Peters avait été de demander à sa belle-mère d'accompagner Floriane. Mme Loficial déclina gentiment la proposition. Sa compagne retournerait à San Pedro après quelques jours.

Floriane endossa les habits d'une actrice et joua le jeu. Mais elle souffrait en son for intérieur. Cette fois, elle connaissait le début du film, mais elle en ignorait la fin.

Bien que M. Loficial fût un Européen blanc, les traditions africaines entrèrent dans la danse.

On dépêcha une tante, un oncle et un ami de Peters, flanqués d'un oncle maternel de Floriane à San Pedro. Ce groupe d'hommes et de femme devait faire avaler la pilule amère à Peters : sa compagne ne reviendrait pas.

Seuls les oncles et l'ami revinrent quelques jours plus tard de cette expédition. La tante resta auprès de son neveu pour faire disparaître, au fil des jours, l'acidité de la potion.

Les liens hier fusionnels entre Floriane et Peters venaient ainsi d'être réduits en cendres. Le vent se chargerait de les éparpiller. Le rideau était tombé. Simplement.

C'est en femme débarrassée de tourments que Floriane Loficial retrouva Ôssato à son domicile.

— Na Délei, être avec toi et ne pas regarder la montre n'a pas de prix. Je me sens bénie.

— Tu n'es plus seulement dans mes rêves, tu es à mes côtés et j'ai désormais les pouvoirs de celui qui partage des morceaux de sa vie avec une déesse.

— Mon amour ! Je mets mes économies à ta disposition. Si elles peuvent couvrir de nouvelles démarches pour nous deux, alors ce serait parfait, sinon on s'occupe de toi et on verra par la suite.

— Après Kiwé, je ne pense pas pouvoir confier à nouveau un bout de mon destin à quelqu'un qui ne serait pas toi ou moi. Hélas, nous ne connaissons personne dans ce milieu du faux. J'ai donc pris la décision de risquer un voyage par la Lybie.

— Tu n'es pas sérieux, na Délei. Vraiment pas.

— Si pourtant…

— Mais nous savons tous les deux que beaucoup de ceux qui ont tenté de gagner l'Europe par cette voie ont péri dans les eaux profondes de la Méditerranée. Non, na Délei, pas ça.

— Je n'ai pas d'autres choix. S'il est écrit que je dois finir dans ces conditions, alors ce sera ainsi. Nul ne peut échapper au contrat qu'il a signé avant de sortir du sein de sa mère.

— J'ai peur, na Délei.

— Sois sans crainte. Je réussirai.

— Je pars avec toi. S'il faut mourir, je périrai avec toi.

— Non, Flo ; à deux, ce sera presque mission impossible. Et je tiens trop à toi pour te jeter par-dessus une falaise.

— Tu viens de dire qu'on n'échappe pas à son contrat. Ce qui vaut pour toi vaut aussi pour moi. Na Délei, dis-moi juste quand nous partons.

— Je devrai d'abord aller au village pour dire au revoir à mes parents. J'aimerais bien que tu viennes avec moi.

— Avec ce que tu m'as dit de ton père, ce ne serait pas intelligent. Tu ne sais pas comment il réagira. Tu devras avoir un échange franc avec lui et marteler que c'est bien moi qui ai quitté mon compagnon. En aucune façon, tu ne m'as forcé la main. Et si, à l'issue de votre entretien, le chemin se retrouve sans rosée, alors je foulerai le sol du village qui a vu naître na Délei, avec un bonheur infini.

Chapitre 7

Ôssato rallia Soki sous un soleil de plomb. Ses parents étaient encore aux champs. L'attente fut comblée par ses nombreux cousins et autres membres de la grande famille qui s'étaient donné un jour de repos.

L'arrivée de ses parents fut source d'autres moments de joie, d'intenses émotions. Sa mère ne savait pas comment attraper son fils. Tantôt elle voulait le mettre au dos, lui qui mesurait plus d'un mètre quatre-vingts et avait un poids conséquent et elle à qui le temps avait enlevé quelques muscles. Elle tournait autour de lui, chantant, dansant et finit par le faire asseoir sur ses cuisses rendues douloureuses par un rhumatisme qui n'avait d'égard pour personne.

Ce soir-là, la cour familiale était bondée. La nouvelle de son arrivée s'était répandue comme une traînée de poudre. Depuis bien longtemps, Ôssato n'avait plus appartenu à ses parents, il était l'enfant des Sokiés. Ses géniteurs n'en étaient pas peu fiers. Amis, parents de la grande famille, connaissances s'étaient passé le mot pour passer la soirée ensemble avec leur Agbaga[2]. Des contes intitulés « Mensonge d'un soir » rivalisaient selon les auteurs. Des sketches sortis de nulle part

[2] Celui qui n'a pas besoin d'interprète, qui assume ses responsabilités sans crainte.

faisaient rire aux larmes. Des chants mélodieux entrecoupaient les contes.

C'est exténués que les uns et les autres rentrèrent à leurs domiciles. Les parents d'Ôssato devraient attendre le lendemain matin pour avoir quelque moment fugace d'intimité avec leur chérubin.

— Agbaga, comment vas-tu, même si tu sembles avoir bonne mine ? demanda le père.

— Je vais bien, papa. Je suis là parce que vous m'avez beaucoup manqué. J'ai aussi deux nouvelles à vous donner.

— Tu as enfin rencontré une fille et tu veux prochainement nous la présenter. Enfin il était temps, commenta sa mère.

— Tu parles comme si ton fils avait plus de vingt-cinq ans. Et qui te dit que c'est ce dont il veut nous parler ?

— Gnian[33] a en partie raison. Elle n'est pas ma mère pour rien. Mais les choses sont un peu compliquées et si Floriane, c'est son prénom, n'est pas venue avec moi, c'est parce que je crains la réaction de papa.

— Mais je ne t'ai jamais dit que tu ne devrais pas avoir de femme. J'ai toujours martelé que tes études passaient avant toute relation amoureuse. Tu as grandi depuis. Alors qu'est-ce qui serait à la base de mon éventuel courroux ?

— Cette fille est légèrement plus âgée que moi.

— Et alors ? s'écria la mère.

— Elle vivait déjà avec quelqu'un quand nous nous sommes rencontrés.

Ôssato vit le visage de son père s'assombrir.

— Elle était mariée ?

— Non, papa. Nous avons fait en sorte que son compagnon ne soit pas malheureux au-delà du raisonnable.

---

[3] Maman.

— Et que signifie au-delà du raisonnable pour quelqu'un à qui on a pris sa femme ? Avaient-ils des enfants ?

— Non, papa. Des parents de la fille et un oncle et une tante de son ex-compagnon sont allés lui parler et lui signifier la fin de leur aventure.

— J'espère que cette démarche atténuera sa peine. Mais aimes-tu vraiment cette fille ? Je pense que la question ne devrait pas se poser pour elle puisqu'elle a quitté l'homme avec qui elle vivait pour toi.

— Pourquoi agresses-tu mon fils ? tonna la mère.

— Il ne m'agresse pas, Gnian. Oui, je l'aime, Papa. Mon expérience par ta faute est limitée dans ce domaine, mais je n'ai jamais aimé une fille autant. Et c'est quelqu'un de vraiment bien que vous découvrirez.

— Que notre Dieu et nos ancêtres soient avec vous et vous protègent au quotidien.

Ôssato se leva brusquement et enlaça tour à tour ses parents. Il pleura dans les bras de sa mère. Son père le prit à nouveau dans ses bras et lui fit comprendre que seul l'avenir comptait désormais. Il s'essuya les yeux comme un gamin à qui on venait de pardonner une grande faute et alla s'asseoir.

— Et la seconde nouvelle Agbaga ?

— Après mon séjour à San Pedro, j'ai pu réunir une petite somme d'argent pouvant me permettre d'aller en France pour reprendre mes études comme je vous l'ai souvent dit.

— Es-tu sûr d'avoir suffisamment de moyens pour aller au pays des blancs ? Il nous est souvent revenu que la vie est bien trop chère là-bas.

— Ta mère a raison. Si jamais tu étais un peu limité dans tes finances, je pourrais t'aider. La récolte de mes produits d'exportation a été très bonne cette année.

— Ne vous en faites pas. Je pense avoir ce qu'il faut.

— Tu as ce qu'il faut ou tu penses avoir ce qu'il faut. C'est différent.

— C'est juste une précaution de langage, papa. J'ai ce qu'il faut.

— Je réitère ce que j'ai dit. N'oublie pas que nous sommes là si tu as besoin d'un peu d'argent. Nous avons travaillé et nous travaillons pour vous. Ce que nous avons est à vous, alors n'hésite pas.

— J'ai compris, papa. Merci beaucoup. Je suis si fier de vous.

Ôssato se sentait léger et apaisé, comme à la fin d'une rude bataille. Floriane deviendrait désormais une femme de la famille et ses parents étaient informés de son projet. Enfin partiellement, puisqu'il n'avait pas dit comment il comptait se rendre en Europe. Il savait que son père poserait un veto irrévocable s'il avait fait état du circuit qui allait éventuellement le conduire sur le vieux continent.

Restait à annoncer les deux nouvelles au vieil Ôdjo Kolo, la tortue mâle.

Il se rendrait demain à la grotte de son vieil ami. Était-il seulement encore en vie ? Une frayeur subite lui traversa le corps.

Les premiers chants des coqs montaient au ciel quand Ôssato quitta son lit. Ses parents furent surpris de le voir aiguiser une machette.

— Tu viens avec nous aux champs ?

— Oui Papa.

— Tes amis ne viennent pas te voir ce matin ?

— Si je veux les recevoir tous les matins, je ne vous accompagnerai jamais aux champs. Je rentrerai plus tôt.

Le vieux Djèlè était aux anges. Son fils avec lui comme au temps où il était encore môme et le suivait partout. Comme au temps où il l'emmenait ramasser des grappes de chenilles en pleine nuit avec des torches.

Le soleil allait entamer la seconde phase de sa tournée quand Ôssato annonça à ses parents qu'il rentrait au village.

Il prit le chemin du retour avec le cœur qui battait au point de le paralyser et se mit à marcher plus vite, puis à courir. Il s'arrêta pour reprendre une marche normale. On ne courait pas sur la route des champs, sauf s'il y avait un danger. Il arriva au niveau du baobab, là où, il y a quelques années, il avait trouvé le vieil Ôdjo Kolo avançant péniblement vers sa grotte au risque d'être happé par un Sokié dévoreur de tortues. Son cœur se mit à battre de plus en plus fort.

Il fendit les grandes herbes qui lui barraient le chemin, s'avançant la peur au ventre.

Les paroles rituelles tombèrent dans la cavité dans un silence dérangeant. Quelques herbes couchées indiquant le passage récent d'une nature vivante le rassurèrent timidement. Il s'assit la tête posée sur les genoux, aux aguets, récitant quelques versets bibliques.

Un léger bruit lui parvint de la grotte. Il se redressa, puis écarta quelques herbes.

Ôdjo Kolo était là. Une joie indescriptible envahit Ôssato. Son vieil ami était vivant.

— Heureux de te revoir mon fils. Tu m'as manqué.

— Tu ne peux imaginer la profondeur de la joie qui m'anime. J'ai tellement craint de ne pouvoir te revoir…

— Comment vas-tu ? Et tes parents ? Quelles nouvelles me rapportes-tu de ta terre lointaine ?

— Tout le monde se porte bien et nous rendons grâce à Dieu. Je suis venu te dire que je vais m'absenter sans doute pour plusieurs années. Je veux aller au pays des gens à la couleur pâle pour acquérir davantage leur savoir. Je pense ainsi associer nos deux mondes pour faire évoluer le nôtre.

— Tu vas donc encore nous quitter parce que ton monde ne serait pas assez évolué.

La réaction du vieil Ôdjo Kolo était empreinte de tristesse. Comme s'il n'admettait pas que le fils Djèlè l'abandonne à nouveau. Cet humain qui parlait sa langue et qui lui permettait de saisir la complexité du monde de ses ennemis faisait partie de sa famille. Il avait l'intime conviction que ce garçon avait été dans sa vie antérieure, un kolié[4].

— Je voulais dire que je pourrai prendre ce qu'il y a de meilleur chez les gens à la couleur pâle pour faire grandir à des degrés plus élevés, mon peuple. Tu ne sembles pas partager cet avis.

— Et pour cause. J'ai vu les changements que leur arrivée a générés parmi vous. Le peu de place et d'intérêt que vos générations accordent à ceux qui ont traversé de nombreux marigots. En attendant que nous nous mettions d'accord sur le sens de ce mot, je ne pense pas au plus profond de moi-même que ton peuple soit plus évolué que les peuples de la forêt. Avez-vous vu un des nôtres débarquer dans vos villages pour vous brutaliser et vous tuer ? Et je ne serais pas surpris que tu m'apprennes que vous vous entretuez.

— Oui, depuis la Création, nos peuples se sont livré des guerres les uns contre les autres. Il y eut, dans les périodes récentes, deux guerres mondiales qui engloutirent des millions des nôtres. Des génocides. Aujourd'hui encore, aux quatre

[4] Tortue.

coins du monde et principalement dans notre espace, les gens continuent de s'exterminer avec des armes de plus en plus sophistiquées.

— Et d'où viennent ces armes ? Qui les fabrique ? Poussent-elles du sol comme les plantes qui nous entourent ?

— Tes questions me mettent dans l'embarras Ôdjo Kolo.

— Et pourquoi donc ?

— Je suis peu fier des nôtres.

— Mais tu ne réponds pas à mes questions.

— C'est nous-mêmes qui fabriquons les armes qui nous tuent.

— Je ne crois pas avoir bien saisi ton propos. Veux-tu me dire que des individus se lèvent le matin, quittent femmes et enfants pour consacrer leur temps à la fabrication des engins de la mort ? Est-ce bien cela ?

— Malheureusement oui. Il y a des bombes, des armes nucléaires, capables d'anéantir toute vie sur terre. Il y a ce qu'on appelle des mines antipersonnel qui t'explosent dans le pire des cas ou te rendent handicapé. Le génie humain a aussi conçu des avions qui larguent des bombes, des missiles qui sèment la terreur.

Des pays dits puissants ou développés, essentiellement dirigés par les gens à la couleur pâle, vendent ces armes aux nôtres en échange de nos ressources minières et nous consacrons le plus clair de notre activité à nous entretuer. Hélas.

Ceux qui fabriquent les armes, qui les vendent et jouissent de leurs retombées vivent sans remords. Ils se prélassent dans leurs palais pendant que les miséreux qui ne trouvent le sourire que dans la destruction des leurs, finissent sous terre sans avoir existé. Ceux dont l'existence se résume à asservir d'autres peuples, à les anéantir, s'érigent en donneurs de leçon, en socle de probité et de vertu. Comme si vivre du sang et de la mort conférait une quelconque noblesse.

— Et tu parles d'un monde évolué, mon fils. Et ton objectif est d'aller dans ces espaces pour apporter à ton peuple le meilleur que tu aurais acquis ?

Vois-tu, chez nous les peuples des forêts et des savanes, certains pourchassent et tuent les moins forts. Koukouo le lion et Djé la panthère en font partie. Nous le regrettons, nous en sommes altérés. Mais ils le font pour se nourrir. Nous aurions aimé qu'ils broutent de l'herbe comme beaucoup, mais les choses en sont ainsi.

Mais vous, vous tuez pour le pouvoir, vous abîmez les cœurs par cupidité. Vous détruisez des vies pour vous enrichir, laissant l'essentiel de ceux que vos armes n'ont pas tués dans le dénuement total.

Est-ce cela le monde évolué ?

J'ai vu vos villages hier d'une propreté sans faille. Des villageois bâtir ensemble la case de l'un des leurs, partager les joies et les peines. Nous les avons vus certains soirs danser ensemble, jeunes et vieux, femmes et hommes, possédants et moins nantis. Ils formaient une communauté.

Vos villages devenus plus grands ne ressemblent plus à rien. Y vivent des individus qui se côtoient, qui ne forment sans doute plus une communauté de destin.

Est-ce cela l'avenir ? Est-ce bien cela le monde évolué dans lequel tu veux faire végéter ton peuple à ton retour d'ailleurs ?

Je sais que ta décision est prise. Tu es revenu à Soki pour nous dire au revoir, à tes parents et moi. Je ne peux te retenir, tes parents non plus d'ailleurs. Votre monde change et tu as peut-être raison de partir pour t'aguerrir, te donner les moyens de résister.

Je peux toutefois te certifier que si vous ne vous battez pas pour que vos valeurs triomphent dans cet environnement hostile à l'homme, vous vous perdrez et avec vous, l'humanité.

Je ne sais pas si tu me trouveras encore à ton retour. J'ai vu grandir tes grands-parents. Je les ai vus ensuite porter tes parents sur le dos. J'ai de plus en plus de mal à porter ma carapace. Mon souhait le plus ardent serait que tu la gardes avec toi quand je l'aurai quittée. Mais nul n'est maître du jour qui se lève. Mon tour viendra de quitter ce monde. Fatalement. Nos rencontres, nos entretiens devront constituer quelques éléments de ta boussole.

Va et protège jalousement ce que nous avons partagé. Fais attention au temps qui abîme, aux relations qui effritent le meilleur de notre moi.

Que notre Créateur te fasse vivre aussi longtemps que moi et en excellente santé avec la pleine possession de tes facultés intellectuelles. Ne longe jamais la rivière de la rancune, de la jalousie, de l'envie maladive. Tu rencontreras des fabricants d'armes, des vendeurs d'outils de la mort, des envieux, des jaloux, des aigris, des traîtres, des corrupteurs et des corrompus, des criminels notoires, des êtres considérés comme des déchets de la terre.

Sache que chacun ou chacune de ces hommes et de ces femmes possède en elle ou en lui une petite lumière, peut-être éteinte. Tu devras t'attacher à la rallumer. Elle pourrait être la lumière de l'espoir.

Que ton chemin ne connaisse aucun obstacle mon fils.

Tu resteras la plus belle rencontre de ma vie.

Ôssato pleura silencieusement avant d'éclater en sanglots. Il savait que le vieil Ôdjo Kolo était aussi la plus belle rencontre de sa vie. Il regrettait que celle-ci n'ait pu avoir lieu un peu plus tôt pour qu'il profitât plus longtemps de sa sagesse.

— Ne pleure pas mon fils. Je ne veux pas que tu me quittes en larmes. Je risque de ne pas m'en remettre. Sèche tes larmes. Tu me trouveras. Je t'attendrai.

Ôssato s'essuya les yeux. Il savait que les dernières paroles de la vieille tortue mâle étaient dites pour le rassurer, l'apaiser.

Il garda longtemps ses mains sur la carapace de son ami, puis se leva et reprit le chemin du village, laissant derrière lui Ôdjo Kolo, cet être vivant de la génération de son arrière-grand-père.

C'est un jeune homme liquéfié que ses parents trouvèrent en rentrant des champs. La mère inquiète courut auprès de son fils.

— Agbaga, qu'y a-t-il ? Tu nous as quittés joyeux et on te retrouve livide. As-tu rencontré un souci ?

— Non, Gnian, je me sens un peu fatigué.

— Et qu'as-tu fait à ton arrivée pour être fatigué ? Tu n'as pas oublié notre pacte quand tu étais encore enfant et qu'un habitant de ce village t'avait donné une poudre à avaler pour soi-disant te rendre encore plus intelligent que tu ne l'étais ?

— Devant mon refus de te donner le nom de ce mystérieux individu, par peur d'éventuelles représailles, tu m'as proposé ce pacte : « Dis-moi le nom de cet homme qui a peut-être voulu t'empoisonner et je te promets que je ne te cacherai plus rien que tu ne veuilles savoir. Et réciproquement, à compter d'aujourd'hui, tu ne dissimuleras plus aucun pan de ta vie à ta mère. » Je le porte en moi ce pacte, Gnian. En vérité, me séparer de vous dans les jours prochains me tourmente déjà.

Ôssato n'avait pas respecté le pacte scellé avec sa mère. Il le savait et c'était une douleur supplémentaire qui venait alourdir une balance bien assez garnie par l'épisode des adieux avec son vieil ami.

Même sous la torture, il ne révélerait pas l'existence d'Ôdjo Kolo. Ses liens avec ce vieux sage d'un autre monde relevaient du surnaturel pour le commun des humains. Mais ce qui autorisait le fils Djèlè à quitter un jour la terre des hommes avec son secret était le lieu où était située la grotte de la vieille tortue mâle. Le bois sacré des Sokiés. Ôssato sut par son grand-père, lors d'une banale discussion, que cette zone de la forêt où résidait Ôdjo Kolo était le bois sacré de son peuple, le lieu où finissaient par se reposer les esprits des parents disparus. Lorsque l'un des leurs décédait, après quelques jours d'errance autour du village, il regagnait le bois sacré où il retrouvait ceux qui l'avaient précédé dans l'au-delà.

Il était interdit à tout Sokié de s'y aventurer sans avoir satisfait au préalable à des rituels de libation. Ôssato avait pénétré le bois sacré à plusieurs reprises pour rendre visite à son vieil ami. Il ignorait la charge mystique des lieux. Il ne dormit pas la nuit suivant le soir où cette information lui parvint aux oreilles. Fallait-il continuer de fréquenter Ôdjo Kolo au risque d'attirer le courroux de ces ancêtres ? Il se convainquit que si rien ne lui était arrivé jusque-là, c'était le signe que ces ancêtres l'avaient accepté. Et si Ôdjo Kolo était en vérité un ancêtre qui avait pris cette forme pour maintenir un lien avec lui ?

L'amour pour sa mère était infini. Il pouvait donner sa vie pour elle. Mais leur culture, leurs traditions, leurs dogmes lui interdisaient de respecter leur pacte.

— Nos mondes sont différents. Hier, nous grandissions auprès de nos parents, nous devenions adultes et nous construisions nos vies à leur côté.

Aujourd'hui, vous êtes obligés de migrer dans d'autres espaces pour pouvoir exister. Loin de nos yeux, de nos bonjours matinaux et de nos regards complices de parents à enfants. C'est un douloureux déchirement qui laisse des plaies ouvertes dans nos cœurs, mais nous nous inclinons devant l'évolution implacable de cette humanité trouble. Tu es obligé de partir comme tes frères et sœurs l'ont fait avant toi, pour te construire et te donner les moyens de faire face aux défis changeants de votre monde. Nous le comprenons, nous l'avons compris et prions pour que l'esprit de discernement puisse vous guider dans vos différentes entreprises. Ne sois pas triste à l'idée de partir bientôt au point de gâcher les moments que tu passes avec nous. Regarde le monde qui accourt quand tu reviens au village. Tes parents, tes amis, et même ceux et celles qui ont simplement entendu parler de toi, te portent dans leur cœur. Tu ne dois pas ternir leur joie, mais tu dois au contraire être cent pour cent avec eux. Bouge-toi mon garçon, débarrasse-toi des habits des champs, va prendre une bonne douche et apprête-toi à rendre à tes visiteurs ce qu'ils te donnent. Leur amitié et leur amour.

C'était un autre homme qui était dans les bras de la mère Yiligalé Djèlè. Le visage d'Ôssato avait retrouvé des couleurs. Bien qu'il ait donné une fausse raison pour justifier son état de désarroi, les mots et les paroles de sa mère éclairaient d'un jour nouveau les rapports prédominants dans leurs mondes respectifs.

— Tu es une bénédiction, Gnian. J'ai la chance de t'avoir.

— Je ne sais pas si je suis une bénédiction, mais je suis fière d'avoir un fils qui ne laisse personne indifférent. Je reste persuadée que même les animaux de la forêt te chériraient s'ils avaient pu te côtoyer.

Ôssato fut interloqué que sa mère évoque les animaux qui l'apprécieraient. Comment était-ce possible qu'elle fît cette allusion ? Les mères savaient-elles tout ce que leur cachaient leurs enfants ? Était-ce un simple hasard ? Non, sa mère ne pouvait pas être au courant qu'il fréquentât assidûment le bois sacré pour y rencontrer une vieille tortue mâle. Elle en tomberait raide morte et tout le village avec. Le trop-plein d'amour avait fait déborder le vase comme chez l'alcoolique qui largue à ceux qui l'écoutent toutes les insanités, mais aussi toutes les vérités dissimulées par des sociétés secrètes.

Sa Gnian était son roc, son bouclier, sa sagaie qui surgissait quand les tempêtes s'annonçaient. Il l'admirait pour cela et était surtout content pour son père d'avoir décroché la plus belle noix du cocotier. Ne disait-on pas que chaque marmite a son couvercle ? Assurément, son père était verni.

Il sourit à l'idée que Floriane Loficial puisse posséder des qualités similaires. « Il ne peut en être autrement », se rassura-t-il. La pomme tombe rarement loin du pommier. Il connaîtrait les mêmes sentiments de plénitude avec Floriane. Aucune ombre de doute ne planait au-dessus de cette certitude.

Chapitre 8

Après quelques jours radieux au milieu de ceux qui l'avaient toujours considéré comme la prunelle de leurs yeux, Ôssato retrouva Abidjan avec ses bruits stridents des klaxons des taxis communaux.

C'est avec Floriane qu'il regagna son domicile.

— Alors na Délei, je suis impatiente de t'entendre me faire le récit détaillé de ton séjour à Soki. Mais il faut que tu passes par la douche et que tu avales quelque chose. Je t'ai fait un petit repas qui ne te fera pas oublier les mets que t'a concoctés ta mère au village, mais il remplira bien sa fonction : ne pas laisser ton estomac vide.

— N'oublie pas que j'ai eu à partager ta table. Tu es un excellent cordon bleu. Je me hâte de suivre à la lettre le programme de la soirée pour ne pas subir les foudres de la déesse Flo.

— J'ai trop souffert de ton absence na Délei. Aucun mot, aucune parole, aucun geste ne me fera sortir mes griffes ce soir. J'ai juste envie d'être dans tes bras et de t'écouter. J'appréhende sérieusement ce que tes parents ont pu dire à mon sujet.

À la suite du dîner pris avec délectation, Ôssato relata minutieusement son passage à Soki sans mentionner Ôdjo

Kolo. Il n'avait pas osé. Il avait plus d'une fois pensé révéler l'existence de son vieil ami à Floriane depuis San Pedro, mais il avait manqué de cran. Qu'aurait-elle pensé d'un homme qui, au-delà de l'amitié qui le lie à un animal, comprenait et parlait le langage de celui-ci ? Pouvait-il être considéré comme un humain à part entière ? Les questions qui suivraient une éventuelle confidence restaient un intangible frein à une possible confession.

Le poids de ce fardeau lui écrasait les épaules. Dissimuler une part notable de sa vie à des êtres proches et chers s'apparentait à une infidélité à ses yeux. La conviction de ne pas être compris prévalait dans son comportement.

— Je me rends aujourd'hui compte de ma frilosité en choisissant de te laisser ici. Tu as été présente dans toutes nos discussions. Mes parents, qui ne m'ont jamais connu de petite amie, ont souligné mon manque d'audace. Surtout ma mère pour laquelle mes silences portaient ton nom. Elle me disait à chaque fois pour me charrier, « tu penses encore et toujours à elle ».

— Et que répondais-tu à cela ? Comme je voudrais les rencontrer maintenant. Na Délei, je te fais noter au passage que je ne suis pas ta petite amie. Je me considère comme ta femme en attendant de porter ton nom et ton futur enfant.

— Je serai l'homme le plus comblé. Flo ?

— Oui, na Délei.

— Ne veux-tu pas vraiment me laisser partir seul et me rejoindre par des voies moins risquées une fois que je serais arrivé en Europe ? Je serais moins angoissé. Je n'ai pas le droit de te conduire dans cette aventure dont l'issue demeure aléatoire.

— Inutile de te flageller. Il ne te restera plus que les os à ce rythme-là. Je ne sais plus sous quelle forme et en quelle langue je devrai te marteler à nouveau que ma décision est sans appel. Je t'ai laissé partir seul à Soki pour les raisons que nous savons. Il viendra sans doute un jour où j'accepterai de vivre quelques jours, voire des semaines ou des mois sans ta présence à mes côtés. Le temps, implacable ennemi des liens fusionnels, entrera inévitablement en action. Je ne l'espère pas et je ne le souhaite pas. Je ne balaie pas du revers de la main la crainte qui t'habite. Elle est le fruit de l'amour que tu me portes, et j'en remercie le ciel. Mais il est hors de question que je te laisse entreprendre seul une aventure à l'issue aléatoire comme tu le dis, et que je reste ici à compter les poules. Tu n'aurais pas fait un millier de kilomètres que tu apprendrais que ta femme n'est plus. Une angoisse sans nom me nouerait le cœur et l'empêcherait de fonctionner. Est-ce ce que tu veux ? La réponse est non.

Chapitre 9

La détermination de Floriane Loficial ne donnait pas prise à une quelconque réplique. Seul le couple Loficial fut informé du voyage pour lui éviter de chercher sa fille aux quatre coins du pays.

Ôssato et Floriane se rendirent à la gare routière qui grouillait de monde. Ils se frayèrent un chemin pour se présenter au contrôleur de billets. L'homme de main les fit monter dans le car qui devait les conduire à Bamako après trente heures de route.

Les indépendances proclamées et chantées quelques décennies plus tôt n'avaient pas construit le moindre kilomètre de chemin de fer. Pis, celui bâti sous l'ère coloniale ne fonctionnait plus faute d'entretien. Il ne restait que les routes dont les bitumages ne résistaient pas aux pluies diluviennes. Les sommes colossales allouées à l'aide au développement entretenaient des biens privés. Des jeunes et des femmes proposaient aux passagers quelques objets ou de la nourriture. Le fruit de la vente était tributaire de la générosité ou du besoin du moment des passagers.

Partis le soir du bord de la lagune Ébrié, c'est en milieu de matinée qu'ils foulèrent le sol du pays de Modibo Keïta, là où naquit, le 21 octobre 1946, le RDA, Rassemblement démocratique africain qui donnera naissance à plusieurs partis politiques dans l'espace sous domination française.

Exténués, Floriane et Ôssato se reposèrent dans un hôtel. Ils étaient trop éreintés pour assouvir leur désir de visiter Bamako, la ville du mariage dominical selon le célèbre couple de chanteurs Amadou et Mariam.

Le soir, ils prirent leur repas dans un agréable petit restaurant au bord du fleuve Niger. Ils furent les derniers clients à quitter le restaurant. Le patron des lieux, qui avait remarqué qu'ils n'étaient pas des habitués des rives du deuxième fleuve le plus long d'Afrique, vint engager la discussion.

Ils prirent congé de cet homme charmant et affable après lui avoir promis qu'ils ne manqueraient pas de le revoir s'ils devaient revenir à Bamako.

C'est un couple reposé qui prit le car pour Tombouctou, la ville historique. Ôssato replongea au temps des années collège. Son professeur de français leur avait fait lire le *Journal d'un voyage à Tombouctou et à Djenné*, de l'explorateur René Caillié.

Deux rêves avaient meublé son enfance : rencontrer les musiciens afro-américains James Brown et Roda Scott, la dame aux pieds nus, et connaître Tombouctou.

Le voilà dans la ville de l'empereur Mansa Moussa avec la femme de son cœur. La trahison de son ami-frère Kiwé l'avait précipité dans l'accomplissement de l'un de ses rêves. « Tu ne devras jamais insulter l'avenir ». Cette phrase, pilonnée par son grand-père des années durant, prenait tout son sens. Il assistera aux concerts du roi du rythme and blues et de la soul et de la sublime organiste lors d'un séjour dans les Caraïbes bien plus tard.

Ils s'accordèrent une journée de détente et de découverte dans la ville mythique et atterrirent à Bordj en Algérie où les attendaient les membres de l'organisation censée les faire partir en Europe par la Lybie. L'allure patibulaire de ces individus donna le frisson à Floriane qui se serra contre Ôssato.

— Vous avez fait un bon voyage ? demanda l'un des deux hommes dans un français approximatif.

— Légèrement fatigués, mais tout s'est bien déroulé dans l'ensemble jusqu'ici. Nous avons eu la chance de rencontrer des gens formidables tout au long de notre parcours jusqu'à Bordj.

Une façon subtile de faire comprendre à leurs nouveaux compagnons que c'était le minimum qu'ils attendaient d'eux.

— Soyez sans crainte. Vous arriverez à destination dans les meilleures conditions. C'est dans notre intérêt, sinon nous sommes morts.

Les derniers mots firent perler de la sueur sur le visage de Floriane. Ôssato la pressa fortement contre lui pour la rasséréner.

— Veuillez nous excuser. Nous avons oublié de nous présenter. Je suis Mohamad et mon collègue s'appelle Abdel. Nous devons d'abord vous conduire à Alger où vous ferez la connaissance de nos supérieurs. Ce sont eux qui décideront du jour de votre départ en Lybie.

— Mais pourquoi tout ce circuit alors qu'on pourrait aisément se rendre en Lybie sans ce grand détour ?

— C'est ainsi que nous procédions. Mais il est devenu très difficile de faire passer de futurs candidats au départ pour l'Europe sans un minimum de précaution. Les polices des frontières veillent nuit et jour. Nous devons payer de fortes sommes d'argent à des policiers véreux si nous voulons que nos clients réalisent leur souhait. Et nous n'avons même pas la garantie que tout se déroule sans accroc. Nos chefs ont donc décidé d'envoyer les clients en Lybie par petits groupes pour tromper la vigilance des forces de l'ordre.

Le déroulement du périple tel qu'exposé par Mohamad n'appelait aucun commentaire. Ôssato fit comprendre à sa compagne qu'il ne fallait pas céder à la peur.

Ils quittèrent Bordj pour Tamanrasset. C'est de cette ville qu'ils regagnèrent Alger après huit jours de route. La traversée du désert fut un véritable calvaire.

Ôssato maudissait intérieurement le jour où il avait pris la décision d'aller en Europe par la Lybie. Il pensait à Floriane qui avait perdu quelques kilos et son sourire.

L'accueil que leur réserva le supérieur de Mohamad les changea du contact rustre d'avec ses subordonnés à Bordj.

Un guide les promena dans les rues d'Alger.

Alger et Algérie symbolisaient la lutte héroïque des Algériens pour l'indépendance qui obligea la France à signer les accords d'Évian. Là où les pays de l'espace subsaharien dominé par la France reçurent en cadeau une indépendance symbole d'une soumission et de la captation des ressources du sous-sol par l'ex-colonisateur, les Algériens avaient choisi l'affrontement dans l'honneur et la dignité. Que cette indépendance arrachée au prix du sang ait été dévoyée par ceux-là mêmes qui promettaient liberté et pain aux populations reste une énigme. Un véritable logogriphe pour des populations qui ont donné leur poitrine pour l'avènement d'un lendemain meilleur.

1953, hôpital psychiatrique de Blida-Joinville à Alger. C'est là que Frantz Fanon, l'auteur des *Damnés de la terre*, exerça en tant que médecin-chef.

Ôssato finirait par arpenter le chemin de ceux pour qui le hasard n'existait pas. Les rencontres successives des morceaux de l'histoire dont il se sentait proche étaient juste une simple coïncidence.

Chapitre 10

Pour des raisons de calendrier dont ils ignoraient le contenu, ils passèrent près d'un mois à Alger. Leurs économies s'effritaient de jour en jour. Après s'être acquittés de leur dette envers le groupe d'Alger, ils reprirent le chemin du désert, flanqués de Mohamad et Abel. Ils passèrent l'ultime nuit à Deb Deb, dernière ville d'Algérie. Moussa et Karim prirent le relais des hommes de main du chef algérien.

Ils attendirent le coucher du soleil pour entrer en territoire libyen.

Enfin la Lybie du colonel Kadhafi.

Comme Ahmed Sékou Touré de la Guinée, Mouammar Kadhafi suscita un immense espoir à son arrivée au pouvoir à l'âge de vingt-sept ans.

Si les deux leaders charismatiques avaient en commun de diriger leur pays avec une main de fer, le bouillant colonel releva sensiblement le niveau de vie de ses concitoyens. Les Guinéens connurent sans nul doute la dignité dans la pauvreté, mais quelle fut l'épaisseur de cette dignité pour celui qui avait faim ou qui, malade, ne pouvait se soigner. On pourrait justifier les difficultés de l'ancien syndicaliste guinéen à faire émerger son pays par les nombreuses et avérées tentatives de coup d'État ou d'assassinat dont il fut l'objet durant son règne. Son voisin immédiat, qui fut longtemps son mentor, lui tourna le dos pour rester fidèle au colonisateur. Les ingénieurs et techniciens français furent sommés par leur gouvernement de quitter sur le champ la Guinée. L'histoire raconte qu'ils s'exécutèrent en allant jusqu'à débrancher et emporter les fils électriques de leurs domiciles privés et des bureaux des administrations de la nouvelle république guinéenne. Cette explication de la faillite dans la gestion du pouvoir de l'auteur du fameux NON au général de Gaulle serait insuffisante. Un de ses collègues disait fort justement que « la politique est la saine appréciation des réalités du terrain ». Le fondateur du Parti démocratique guinéen, sous-section du Rassemblement démocratique africain né sur les bords du fleuve Niger, ne perçut pas le manque de scrupules du colonisateur et sa volonté non feinte d'écraser, sans remords, toute personne ou toute entité qui contrarierait ses intérêts. Dans une seconde lecture, on pourrait concéder au tribun Ahmed Sékou Touré d'avoir choisi d'affronter l'ancien maître en ayant connaissance des données en présence. Dans ce cas, il aurait surestimé ses forces ou celles d'éventuels nouveaux amis venus de l'est. On dit pourtant chez lui que « l'aveugle ne menace son adversaire que lorsqu'il a un caillou sous le pied ».

Au moment où il foulait le sol libyen, Ôssato était membre de la cohorte des admirateurs du fondateur de la Jamahiriya. Floriane aussi. Avec Gamal Abdel Nasser, il fut l'un des dirigeants arabes africains à prôner l'unité et, à terme, la création des États-Unis d'Afrique à l'instar des États-Unis d'Amérique. Le guide libyen portait à bout de bras des régimes moribonds de l'Afrique subsaharienne. Il boucla les budgets et permit à ces régimes d'assurer les fins de mois de leurs travailleurs. Il militait pour que l'OUA, Organisation de l'unité africaine, fondée en 1963 à Addis-Abeba, devienne économiquement indépendante pour être politiquement libre. Ne dit-on pas en Afrique que « la main qui donne est toujours au-dessus de celle qui reçoit » ?

Comment l'Afrique et les pays africains pourraient-ils esquisser des politiques en faveur de leurs populations dans le domaine de la santé, de l'éducation, du développement endogène des ressources de leur sol et sous-sol, de l'écologie en préservant leur écosystème, si les moyens nécessaires à la réalisation de ces actions vitales provenaient de mains extérieures ?

Mouammar Kadhafi réussit à faire franchir la première étape à ses homologues africains en transformant l'OUA en UA, Union africaine.

Néanmoins, le colonel Kadhafi avait ses zones d'ombre. Ôssato et Floriane les découvriraient quelques années plus tard.

Le chemin vers Ghadamès ne fut pas une sinécure. Ils firent une quinzaine de kilomètres en voiture et l'ordre leur fut donné de descendre. Sans ménagement.

— Sommes déjà arrivés à Ghadamès ? Se hasarda Floriane.

La réponse ne fut pas enrobée d'un quelconque gâteau sucré. Elle tomba comme une guillotine.

— Descendez, c'est tout ce qu'on vous demande. Nous continuons à pied. D'autres comme vous nous attendent. On se dépêche avant que le jour ne se lève.

Le « d'autres comme vous » avait été asséné sur un ton méprisant. Floriane et son compagnon n'étaient pas en situation de relever un quelconque manquement au respect. Ils suivirent les guides jusqu'à un certain hangar où ils trouvèrent des subsahariens assis pêle-mêle. De petites torches éclairaient partiellement des visages.

Un mastodonte apparut, entouré de deux gaillards qui auraient fait les beaux jours des rings de catch.

— Voilà, vous allez être mis par groupe de dix ou quinze personnes, dont deux guides. Vous devriez suivre scrupuleusement leurs recommandations. Il y va de votre vie.

Floriane et Ôssato se retrouvèrent dans un groupe de quinze personnes. Le voyage pour Ghadamès pouvait se poursuivre. Il se faisait par de petits chemins sinueux pour éviter de tomber dans les filets des policiers. À chaque indéfinissable petite lumière, il fallait se coucher par terre et attendre un signe des guides pour se relever et reprendre la route.

— Y a-t-il des gens parmi vous qui sont fatigués ?

Un silence de cimetière fit suite à la question du guide. Ôssato demanda à l'oreille à Floriane si elle voulait faire une pause.

— Non, na Délei. Si tu peux continuer, alors je le peux aussi. Et puis, au cas où on voudrait souffler, où le ferions-nous ?

— Je voudrais juste uriner si vous le permettez, dit un homme dont la voix un peu tremblante trahissait une peur.

— Nous irons terminer la nuit dans un foyer. On reprendra la route quelques heures plus tard.

Tout paraissait dans les faits bien agencé. La question relative à l'éventuelle fatigue des compagnons d'infortune n'était qu'une bulle d'air. Tout candidat au voyage suivait le même rituel, passait la nuit dans la porcherie abusivement appelée foyer. Les lits d'un autre âge étaient dans un état désastreux. Ils payèrent leur séjour aux maîtres des lieux qui devaient, sans l'ombre d'un doute, émarger au même siège que les guides et leurs acolytes.

Cahin-caha, ils arrivèrent à Ghadamès.

Chapitre 11

Les guides les réunirent le deuxième jour pour faire le tri entre ceux qui avaient les moyens pour continuer sur Tripoli et ceux qui devraient rester à Ghadamès pour travailler. Floriane et Ôssato firent partie du premier groupe puisque leur surface financière le leur permettait.

À Tripoli, ils furent conduits dans un entrepôt insalubre. Conçu sans doute au départ pour recevoir des animaux, il devint le premier lieu de rassemblement de futurs candidats au voyage. Mal entretenu et géré au mépris des règles élémentaires d'hygiène, cet endroit infect pouvait receler des maladies.

Un groupe d'individus, richement habillés, descendit d'une luxueuse voiture. Le contraste avec le lieu où ils parquaient leurs clients était saisissant.

Le colonel et son pouvoir étaient-ils seulement au fait de ce qui se tramait à quelques encablures du palais qu'on disait somptueux ? Les données officielles avançaient la présence permanente d'un demi-million de subsahariens en Lybie, dont les trois quarts vivaient à Tripoli. Quelques dizaines de noirs dans un entrepôt pouvaient tenir une réunion d'une quelconque association. Cela ne relèverait pas d'un fait insolite pouvant nécessiter la curiosité d'une police qu'on disait par ailleurs suspicieuse et très encline aux arrestations arbitraires. Une police infiltrée de barbouzes qui était les yeux et les oreilles du guide de la Jamahiriya libyenne.

— Soyez les bienvenus, mesdames et messieurs. Vos rêves vont pouvoir se réaliser. *Inch Allah*, certains d'entre vous partiront dès demain. Pour l'heure, vous devez nous suivre, divisés en petits groupes de dix personnes. Vous serez logés dans des maisons nettement plus confortables.

L'homme qui venait de prendre la parole était d'une élégance raffinée. Il portait une gourmette en or et une chaîne du même métal au cou. Il n'avait pas quitté Floriane des yeux lors de son intervention.

— Mais pourquoi me regarde-t-il avec une telle insistance ? demanda Floriane à son compagnon.

— As-tu oublié que tu es la plus belle femme que Dieu ait créée ?

— Je ne plaisante pas, na Délei. Il m'inquiète.

— Ne fais pas attention à lui, Flo.

Elle se blottit contre celui qu'elle considérait comme son mari. Ôssato était à son tour gagné par l'inquiétude qu'il se forçait de cacher pour ne pas déstabiliser davantage Floriane.

Ils embarquèrent dans l'un des trois minibus venus les chercher pour les conduire dans les lieux appropriés. Ils arrivèrent dans un petit quartier composé d'immenses villas.

— Nous voilà arrivés, lâcha le conducteur du minibus.

Ils entrèrent dans une large maison de sept pièces. Le gardien des lieux, sur instruction de son maître, leur indiqua leur chambre en y déposant leurs valises. Ils pouvaient enfin dormir dans un lit depuis leur entrée en territoire libyen.

— Na délei ?

— Oui, Flo ?

— Puis-je t'avouer quelque chose ?

— Que tu m'aimes ?

— Si ça n'est que cela, cherche un autre mot qui serait au-dessus de celui-là. Il y a belle lurette que j'ai franchi cette étape allègrement. Tu es juste l'air que je respire. Tu me tournerais le dos l'espace d'une minute que mes artères et mes veines seraient obstruées. Je confesse à mon curé, puisque c'est ce à quoi te destinait ton père dans un premier temps, que je ne sais pas nager. Avant que tu ne te moques de moi, sache que ton père et toi auriez presque commis un crime. Un cœur comme toi, curé ? Tu aurais peuplé le pays de nombreux petits Ôssato sous la soutane, comme de nombreux curés qui mettent à mal leur fonction et trahissent sans vergogne leur congrégation.

— Ma déesse ne sait pas nager. Je tombe des nues. Ton père toubab n'a jamais trouvé le temps de t'emmener faire quelques brasses dans une piscine.

— Si, si. Il a maintes fois essayé, ma mère aussi s'y est mise, mais c'est ta femme qui n'a jamais mordu à l'hameçon. J'en ai honte et j'appréhende fortement l'éventuelle traversée de la mer demain.

— Il n'y aura pas de traversée demain, Flo. Nous rentrons au pays. Je ne peux pas prendre ce risque. Nous savons tous les deux les drames qui se produisent presque tous les jours dans les eaux de la Méditerranée.

— Mais tu as toujours soutenu que ce qui doit arriver arrive. Je te fais juste part de ma crainte. On ne peut pas tirer un trait aussi facilement sur une aventure qui a pris jusqu'ici des mois et rogné sensiblement nos économies. Ne me fais pas regretter de t'avoir dit que je ne sais pas nager. J'aurais dû dire explicitement que je ne nage pas bien.

— Non Flo, c'est peut-être un signe que tu m'aies dit cela. Il est aussi dit dans une prière des Saintes Écritures : « Ne me soumets pas à la tentation ». Nous rentrons Flo. Nous avons vécu jusqu'ici une vraie épopée. Ensemble. J'en garde déjà de merveilleux souvenirs. On savait que le chemin ne serait pas pavé que de roses, mais risquer ta vie n'est pas négociable.

Ôssato terminait à peine sa phrase lorsque deux coups, frappés à la porte de leur chambre, retentirent.

Deux colosses habillés en treillis et bien armés se dressèrent devant eux.

— Bonsoir messieurs. Que pouvons-nous faire pour vous ?

— Nous sommes venus chercher la dame.

— Vous vous êtes sans doute trompés.

— Vous êtes bien Floriane Loficial ?

Celui qui portait l'uniforme d'un agent tendit un bout de papier où étaient griffonnés le nom et le prénom de la compagne d'Ôssato.

— Je viens avec vous. Je ne peux en aucune façon, laisser partir ma femme avec des inconnus en pleine nuit.

— Nous ne sommes pas des inconnus. Nous représentons les forces de l'ordre et cette dame n'est pas votre femme. Vos documents ne l'indiquent pas. Madame, habillez-vous et suivez-nous.

Ôssato ne chercha pas à vérifier l'identité des deux énergumènes qui semblaient être des soudards à la solde des mafieux venus les chercher à l'entrepôt. Tremblant de colère, il enfila un pantalon et une chemise.

— Ne vous fatiguez pas monsieur. Seule la dame vient avec nous. C'est l'ordre que nous avons reçu.

— Je ne bouge pas si mon mari ne vient pas avec moi.

— Ne nous obligez pas à recourir à la violence, madame.

— Je vous ai dit que je ne bouge pas. Si vous devez nous tuer, nous mourrons ensemble.

— Qui vous parle de commettre un meurtre ? Vous devez juste venir avec nous.

L'homme se mit ensuite à parler en arabe. Son collègue se saisit brutalement de Floriane, l'entraînant hors de la chambre. Ôssato qui voulut secourir sa conjointe reçut un coup de crosse dans les côtes. Il perdit connaissance. Lorsqu'il revint à lui, la porte était fermée. Il l'ouvrit et se mit à crier « Flo, Flo », réveillant les autres occupants de la maison.

— Que se passe-t-il ? demandaient les uns et les autres.

Ôssato, qui avait du mal à tenir debout, victime d'une forte douleur consécutive au violent coup reçu, criait :

— On a enlevé ma femme, on a enlevé ma femme !

— Calmez-vous. Posez-vous, lui dit d'une voix calme, un homme à la barbe hirsute.

Ôssato fit un bref récit de ce qui s'était passé. Il se releva et tenta de sortir. Cette fois, c'est le gardien qui l'attira dans son réduit.

— Je comprends votre peine et votre douleur, monsieur. Ce que vous vivez en ce moment se produit tous les soirs, toutes les nuits. Les hommes qui tiennent ces maisons et qui se livrent aux sales pratiques dont vous êtes victime sont des sanguinaires qui seraient revenus de certaines guerres du Moyen-Orient ou d'ailleurs. Ils tueraient un être humain comme je tue un moustique. Lorsqu'ils repèrent une belle femme parmi les désespérés, car c'est le nom que je donne à ceux qui veulent quitter notre continent pour un ailleurs incertain en choisissant de braver la mort, ils la réquisitionnent sans se demander si elle est mariée ou pas. Je les ai vus enlever des femmes qui avaient des enfants. Les pleurs de ces derniers et les gémissements du mari n'ont eu aucun effet sur ces gens-là.

Je vous conseille de rentrer dans votre chambre et d'attendre le lever du jour. Vous n'avez pas d'autre choix. J'ignore où ils emmènent leurs victimes. Je le saurais que je ne serais pas là à vous parler. Si vous sortez, où iriez-vous ? À la police ? Celle-ci, qui découvrirait que vous êtes un clandestin en partance pour l'Europe, vous emprisonnerait et vous renverrait après plusieurs mois ou plusieurs années, dans votre pays d'origine. La disparition de votre conjointe serait le cadet de leurs soucis. Sans compter que vous arrivez à une période où les noirs sont mal vus par une bonne partie de la population, dont la police.

Si vous sortiez maintenant, la probabilité de rentrer vivant serait infinitésimale, pour ne pas dire nulle. Rien ne vous garantit qu'un des leurs ne traîne pas dans les parages pour neutraliser le moindre danger.

Si vous êtes croyant, priez Dieu pour qu'il vous rende votre femme vivante dans quelques heures. Sachez que j'ai toujours été gardien de cette maison. Lorsqu'elle a été rachetée par cette organisation, une forte augmentation de salaire m'a été proposée avec la condition première de boucher mes oreilles et de fermer mes yeux et ma bouche. J'ai accepté sans hésiter parce que je suis seul à travailler dans une famille d'une quinzaine de personnes.

Je vous raccompagne dans votre chambre et espérons de bonnes nouvelles à la fin de la nuit.

Ôssato n'osa pas interrompre le gardien. Les forces l'avaient lâché. Il lui dit simplement merci et ferma la porte de la chambre.

Il s'assit sur une chaise et pleura toutes les larmes de son corps. Pourquoi Dieu lui faisait-il subir de telles épreuves ? Il n'était pas Job des Saintes Écritures. Il n'avait ni le caractère ni les épaules de ce dernier pour supporter ces souffrances.

Où était Floriane ? Que lui faisait-on ? Il cogna sa tête contre le mur, se coupa l'arcade sourcilière. Du sang, beaucoup de sang giclait de son corps. Il prit une chemise et la posa fortement contre la plaie pour arrêter l'hémorragie.

Son entêtement l'avait envoyé à San Pedro où il avait rencontré Floriane. Il en était tombé éperdument amoureux. Cette jeune femme avait coupé les liens avec son compagnon Peters, abandonné parents et amis pour le suivre dans une folle aventure. Elle se retrouvait dans cette nuit tragique, aux mains d'inconnus.

Abattu, anéanti, il s'effondra à même le sol et sombra dans un sommeil qui fut interrompu par des coups répétés à la porte.

Il se leva péniblement et tourna la poignée. Floriane était là. Liquéfiée, blême, le visage tuméfié. Soutenue par le gardien. Il la prit dans ses bras, la serra fortement contre lui au risque de lui briser les côtes.

— Faites doucement, monsieur. Faisons-la asseoir sur le lit, intervint Assad le gardien.

Ils aidèrent Floriane à s'installer dans une position moins inconfortable par rapport à son état.

— Comment est-elle arrivée ? demanda Ôssato.

— Elle a été conduite devant la maison par des individus que je n'avais jamais vus. Ils l'ont poussée vers la porte d'entrée, les yeux bandés par le tissu que voici. Ils se sont ensuite engouffrés dans une voiture qui a démarré en trombe. J'ai peur de ce qui peut arriver dans les heures qui vont suivre. Notre guide suprême est totalement coupé de son peuple. Sinon peut-on admettre que des gangs opèrent ainsi sans être inquiétés ?

— Puis-je vous faire confiance, Assad ? Vous êtes notre seul lien à la vie. Je ne cherche nullement à vous corrompre, mais nous sommes prêts à vous payer le prix qui serait le vôtre pour nous aider à sortir de ce pays. Dans un premier temps, il nous faudrait un médecin pour soigner ma femme. En connaissez-vous un ?

— C'est une course contre la montre. Il vous faut impérativement quitter ces lieux avant midi en espérant que les tortionnaires de votre femme ne débarquent pas dans les heures qui suivent pour le fameux rassemblement de leurs clients. Ils joueront au bon Samaritain à l'égard de votre femme qu'ils voudront faire soigner par le meilleur médecin de la place. Je vais appeler un de mes oncles qui viendra vous chercher. Son médecin s'occupera de madame. Il vous aidera par la suite à quitter le pays dans les meilleurs délais avant que ceux qui ont brutalisé madame ne retrouvent vos traces. J'espère pouvoir m'en sortir lorsqu'ils m'assailliront de questions. Dans le cas contraire, mon destin sera scellé.

— Merci du fond du cœur, Assad. Je vous conseillerais de quitter votre métier et d'en trouver un autre, quitte à gagner un peu moins. Votre vie serait moins sur le fil du rasoir.

L'oncle d'Assad, M. Fakhour, vint les chercher et fit venir un médecin qui examina Floriane et lui prodigua les soins nécessaires. Ôssato expliqua au soignant qu'éméché il n'avait pas su contrôler ses nerfs et avait mis sa femme dans cet état. Il ajouta qu'il le regrettait profondément. C'était la première fois que cela arrivait et ce serait certainement la dernière. Seul le docteur avala cette mixture sans se racler la gorge. L'oncle d'Assad qui savait les raisons de l'état calamiteux de Floriane réfléchissait déjà à la phase deux de son action : faire sortir ce couple des griffes de ce qu'il appelait le visage hideux de la Libye.

De prétendus sachants leur avaient fait croire qu'atteindre les côtes européennes par Tripoli, à défaut d'être une simple formalité, ne présentait pas de difficultés majeures pour ceux qui possédaient suffisamment d'argent pour en payer le prix aux passeurs. À l'heure du bilan, l'obtention d'un visa dans des conditions brumeuses, ajoutée au coût du billet d'avion, pouvait être assimilée à la montée par le cycliste du célèbre Mont Ventoux, le divin chauve, par temps de canicule sévère. Tout réduire à une pure question de finance fut une lourde faute. Les réseaux douteux de la perle des lagunes faisaient montre de roublardise et d'ingéniosité pour tromper leurs clients et leur soutirer de l'argent.

Tripoli, via Alger, regorgeait de véritables réseaux mafieux dirigés par des hommes en qui toute graine d'humanité avait disparu.

Le médecin avait à peine tourné le dos que M. Fakhour pressa Floriane et Ôssato de ranger rapidement leurs valises.

— Ce que je fais là, je le fais pour mon neveu qui, touché par ce qui vous arrive, a exigé que je vous sorte de cette galère. Qu'Allah nous accompagne.

— Merci monsieur Fakhour, merci beaucoup.

— Appelez-moi simplement Fakhour.

C'était la première fois depuis son retour du calvaire que Floriane prenait la parole. Ôssato ne lui avait posé aucune question. Le temps viendrait pour cela ou il redoutait d'entendre les réponses.

M. Fakhour proposa de passer cette fois par le Niger, car il n'excluait pas une malencontreuse rencontre avec un des passeurs s'ils reprenaient le circuit emprunté à l'aller. Ôssato et Floriane n'y firent aucune objection.

Le bolide de l'oncle Fakhour avala le millier de kilomètres séparant Tripoli de Al-Wigh d'une traite. À la demande d'Ôssato, l'oncle d'Assad les conduisit dans un restaurant. Floriane ne voulait rien manger. Son compagnon non plus. Il voulait que leur bienfaiteur puisse recharger ses batteries. Ce dernier supplia Floriane d'avaler quelque chose.

— Je comprends que vous n'ayez pas faim, mais vous ne devez pas affaiblir votre organisme qui paraît déjà bien atteint. Faites un effort. Pour nous les croyants, nous devons accepter ce qui nous arrive. Allah a ses plans que nous ne connaissons pas. Il faut manger ma fille. Faites-le pour moi. À votre tour, rendez-moi service en mangeant quelque chose. Que le geste de mon neveu et moi ne reste pas vain.

Touchée par les paroles de cet homme qu'elle ne connaissait pas encore il y a quelques heures, et qui avait bouleversé son emploi du temps pour eux, qui mit peut-être sa vie en péril pour eux, elle commanda une assiette et demanda à Ôssato d'en faire de même. Le sourire de M. Fakhour fit renaître, pour quelques minutes, la vie sur le visage de Floriane.

Ils reprirent la route jusqu'à la frontière.

— Nous voilà arrivés. Vous prendrez un car à Madama et poursuivrez la route jusqu'à Niamey.

— Nous ne vous dirons jamais assez merci pour tout ce que vous avez fait pour nous.

— Je voudrais que ma fille n'oublie pas qu'elle est en vie et c'est le plus important. Elle peut se reconstruire. Elle ne pourra certainement pas oublier ce qu'elle a vécu, mais le temps, et je le souhaite, finira par diluer la douleur. Allah a voulu qu'elle reste en vie. Notre Dieu de miséricorde lui confiera des tâches. Mon fils, tu prendras soin d'elle. C'est toi qui devras l'aider à retrouver le goût des choses, le goût de la vie. Tu devras lui consacrer la majeure partie de ton temps, peut-être tout ton temps si cela s'avère nécessaire.

Dans un monde pollué d'êtres immoraux, il existait de petites lueurs d'espoir, de petites bougies qui éclairent la nuit, résistant au vent. Assad et Fakhour en étaient.

L'oncle d'Assad, qui était désormais un père, les étreignit longtemps avant de remonter dans sa voiture. Ôssato lui avait remis deux enveloppes dont une pour Assad. Il avait tout d'abord refusé mais, sur l'insistance de Floriane, il avait fini par les prendre.

— Promets-nous de venir avec Assad en Côte d'Ivoire. Nos parents gagneraient à faire votre connaissance et nous en profiterions pour passer un peu plus de temps avec vous.

— Je ne connais pas votre pays. J'ai eu l'occasion de visiter le Niger et je me suis arrêté à Niamey. Si Allah le veut, nous irons vous voir.

Ainsi se refermait la parenthèse de la Libye. Ils étaient allés à Tripoli, mais n'avaient pas vu Tripoli. Le rêve de visiter la capitale où régnait en maître absolu le guide de la Jamahiriya libyenne était mort dans l'œuf. Ils ne verraient pas les côtes de Lampedusa.

Un retour à la case départ qui se faisait dans l'amertume et le désenchantement.

Ôssato se retrouvait seul à seule avec sa déesse Flo. Il ne savait quoi dire. Par quel bout engager une discussion ? Il lui prit timidement la main. Il n'était que culpabilité. Aucun avocat, quel que fût son talent, ne l'aurait fait acquitter. Il était le seul responsable de tout ce qui était arrivé à sa Floriane. Il accepterait la sentence d'une condamnation à perpétuité. Il aurait volontiers admis son crime et signé pour une déportation au bagne de Cayenne ou mieux encore à celui, moins connu mais réputé plus rude, de Saint-Laurent-du-Maroni.

Chapitre 12

Ils suivirent les conseils de M. Fakhour et arrivèrent à Madama par des petites routes tortueuses.

Madama, une ville austère au climat désertique, située à une centaine de kilomètres de la frontière libyenne. Un autre monde pour ceux qui, hier, se promenaient dans les forêts de San Pedro et se prélassaient sur les plages de la ville qui tenait son nom du colonisateur portugais.

Madama était aussi connu pour son fort, œuvre du colon français pour résister aux invasions ennemies qui viendraient de la Libye.

Malgré l'extrême fatigue de Floriane que son corps ne portait plus, Ôssato tenta de la persuader de prendre place à bord d'un car pour Agadez. L'ex-secrétaire particulière refusa net.

— Nous serons plus en sécurité à Agadez, je trouve.

— D'abord tu n'en sais rien, na Délei et que puis-je connaître de pire après ce que j'ai subi à Tripoli ?

Comme son vieil ami Ôdjo Kolo devant une situation non contrôlable, Ôssato rentra dans sa coquille. Les derniers mots de Floriane l'avaient glacé. Une flèche lui fissura la poitrine.

Le soir tombait. Ils n'eurent pas beaucoup de choix et s'engouffrèrent dans un hôtel miteux. Floriane devait récupérer. C'était l'essentiel.

On leur proposa la chambre la mieux équipée. Le minimum y était. Aussitôt la porte fermée, Floriane se dirigea vers la douche.

Ôssato saisit ce moment pour se remettre les idées dans le bon ordre, trouver les mots justes lorsque sa compagne reviendrait de la salle de bains. Ce jeune homme, qu'on disait à même de brasser plusieurs situations épineuses et leur trouver les solutions adéquates, était dans l'impasse. En panne sèche.

L'eau ne coulait plus. Et du temps s'était écoulé depuis que Floriane avait fait gicler les premiers jets d'eau sur son corps. Le silence avait sorti Ôssato de ses pensées. Il ouvrit la porte de la douche. Floriane était couchée, dans la position du fœtus dans le ventre de sa mère.

— Flo, Flo !

Il la retourna.

— Laisse-moi mon amour, s'il te plaît, laisse-moi. Je n'ai plus envie de vivre…

Il s'aperçut qu'elle avait vomi.

— Non, Déesse, tu ne peux pas dire ça, je suis là, ta mère et ton père aussi. Des êtres qui t'aiment. Et crois-tu que je vivrais si tu quittais ce monde ? Je mourrais aussi.

Tout cela était dit en larmes. Il évacua tout ce que Floriane avait sorti de son corps, mit du savon dans son éponge et la releva.

Il frotta sa compagne de la tête aux pieds, ajusta le pommeau, ouvrit le robinet et la rinça. Il recommença plusieurs fois l'opération avant de l'essuyer.

Il la fit asseoir dans le lit et l'aida à se rhabiller.

— Je vais te chercher quelque chose à manger.

— Je n'ai pas faim, na Délei et je ne veux pas que tu me laisses seule.

— Mais j'en ai pour quelques minutes à peine…

— Je n'ai vraiment pas faim. Merci d'être là. Merci mon amour. Je sais que tu souffres autant que moi. Tu n'es pas responsable de ce qui m'est arrivé. Je ne veux plus que tu pleures. Hier, je disais vivre pour toi. Aujourd'hui, cette phrase prend plus d'épaisseur.

— Je prierai tous les dieux pour que tu redeviennes toi-même. J'irai rendre visite aux âmes de mes ancêtres dans le bois sacré pour qu'ils s'associent à moi, dans ma requête.

Floriane était loin de la vérité. Ce jeune homme à ses côtés avait failli perdre la raison au cours de cette fameuse nuit tragique. Son Délei avait perdu goût à la vie. Il n'était plus que l'ombre de lui-même. Il s'efforçait de le lui dissimuler. Il allongea Floriane et s'assit à ses côtés. Songeur.

— Couche-toi mon amour. Tu as aussi besoin de récupérer.

— Ne t'en fais pas Flo, je vais dormir.

Il lui caressa les joues et se mit à lui masser les épaules et le dos. Floriane s'endormit aussitôt. L'ami d'Ôdjo Kolo resta dans sa position assise jusqu'au petit matin. Il avait entrepris un périple risqué pour sauver sa région, son pays et peut-être l'humanité, s'était-il convaincu. Aujourd'hui, seules la santé et la vie de Floriane importaient. Prioritairement.

Son père ne lui avait-il pas toujours martelé « qu'on ne peut être utile à autrui que lorsqu'on est débarrassé de tout souci soi-même » ? La justification première du célibat des prêtres catholiques y puisait tout son sens. Un maître chanteur et un gangster auraient du mal à mettre en difficulté celle ou celui qui n'aurait ni homme ou femme, ni enfant. On n'enlève pas les magnans en étant parmi les magnans. Les projets, les ambitions reprendraient leur place, sortiraient des congélateurs avec Floriane debout, revenue à la vie, au temps où son visage n'était que bonheur. Il passa à son tour par la douche, comme pour se débarrasser des impuretés de la Libye.

— Tu as bien dormi, na Délei ?

— Oui, pas beaucoup, mais j'ai pu me détendre.

Il avait pris langue avec le mensonge pour ne pas inquiéter Floriane, éviter les fameux pourquoi.

Ils s'achetèrent quelques friandises et prirent place dans le car à destination d'Agadez. Le désert s'imposait à eux. Le Ténéré. Ce nom s'était invité dans beaucoup de foyers lorsque Thierry Sabine et ses amis avaient lancé le fameux Paris-Dakar, une course de rallye automobile. Ce dernier disparaîtra dans un accident d'hélicoptère du côté du Mali avec le célèbre chanteur Daniel Balavoine, au début de l'année 1986.

Les différents arrêts obligatoires du car pour permettre aux voyageurs de se dégourdir les jambes furent des occasions de rencontres avec des populations dans une indigence notoire.

Comme de nombreux pays sous domination française, le Niger a obtenu son indépendance de son colonisateur en 1960, le 3 août.

Ce pays est membre du Conseil de l'Entente, organisation sous-régionale fondée en 1959 avec la Haute-Volta devenue le Burkina Faso, le Dahomey appelé désormais le Bénin et la Côte d'Ivoire. Ces quatre pays seront rejoints par le Togo en 1966, après l'assassinat en 1963 du premier président de ce pays. Le Togo rejoignait ainsi le Conseil de l'Entente sous la direction d'hommes compatibles avec la doctrine des fondateurs de l'organisation.

Composée de beaucoup plus de membres, sa grande sœur l'OCAM, Organisation commune africaine et Malgache, fondée en 1961, et le Conseil de l'Entente furent pour Ôssato des outils nuisibles et des freins véritables à la naissance des

États-Unis d'Afrique. Leur création fut suscitée par le bras que nourrissaient les ressources minières de l'Afrique. Une Afrique libre, indépendante et donc maître de son destin aurait sonné le glas de l'expansion économique de l'exploiteur. Une autre grille de lecture de l'existence de ces entités relevait de l'enfumage. Le premier président Hamani Diori, qui dirigea le Niger pendant quatorze ans si on ne tient compte que l'ère de l'indépendance, et le lieutenant-colonel Seyni Kountché, qui le renversa en 1974, n'ont pu sortir le Niger du marasme avec le Conseil de l'Entente.

Comment ce pays, grand producteur d'uranium pouvait-il laisser ses filles et ses fils dans une telle pauvreté ? Où passait l'argent de ce minerai, combustible nucléaire de nombreux pays dont la France ? Était-il payé à sa juste valeur ? Le parapluie du Conseil de l'Entente rendait les réponses à ces questions confuses.

Les amoureux parvinrent à Agadez, ville carrefour, au petit matin.

Ils s'offrirent les services d'un hôtel plus huppé pour donner l'occasion à leurs organismes de souffler.

Ils visitèrent la grande mosquée en banco, splendide œuvre architecturale datant de plusieurs siècles. Une des fiertés d'une Afrique conquérante. L'immersion dans le monde artisanal dominé par les forgerons dont la renommée avait franchi les frontières du Niger procura un doux plaisir à Floriane. Les échanges qu'elle eut durant de longues minutes avec ces experts de l'art réconfortèrent partiellement Ôssato. Voir les yeux de Floriane briller devant tous ces objets, produits du génie humain, fit renaître une petite flamme timide. Ils terminèrent leur ballade en flânant le long du Kori Teloua, l'un des deux cours d'eau de la ville ancestrale.

Ôssato dormait encore quand le car fit son entrée à Niamey la capitale. L'air légèrement guilleret de Floriane au contact des forgerons à Agadez l'avait quelque peu détendu. C'était la première fois depuis la nuit du cauchemar qu'il abandonnait son corps à la garde rapprochée de Morphée.

Floriane suggéra de poursuivre le voyage. En d'autres circonstances, Ôssato aurait insisté pour qu'ils passassent la nuit à Niamey après près d'un millier de kilomètres de routes au bitume biodégradable comme dans de nombreux pays de l'Afrique subsaharienne. Un chemin de croix pour les transporteurs. La flamme pouvant s'éteindre sans prévenir, Ôssato accepta avec empressement. Ils s'installèrent dans un autobus en partance pour Ouagadougou. Les voyageurs tardaient à le remplir. Une patience de Sioux devenait inéluctable pour supporter la très longue attente. L'astre blanc au-dessus de leurs têtes tirait sa révérence lorsqu'ils quittèrent Niamey, ville qui vit la naissance, le 20 mars 1970, de l'Agence de coopération culturelle et technique, ACCT, qui se muera en OIF, Organisation internationale de la francophonie. L'histoire raconte que les présidents Senghor du Sénégal, Hamani Diori du Niger et Bourguiba de la Tunisie seraient à l'origine de la mère de l'OIF. Mais c'est sous le patronage d'André Malraux, l'homme du célèbre « Entre ici, Jean Moulin, avec ton terrible cortège. Avec ceux qui sont morts dans les caves sans avoir parlé », dit d'une voix chevrotante et unique le 19 novembre 1964, que se déroulera la première conférence de l'ACCT.

Les élèves pensent, mais le maître ajuste et décide.

L'OIF n'avait pas dérogé à la règle des organisations bâties pour booster la vitrine de l'ex-colonisateur. Les jeux de la francophonie, lorsqu'ils se déroulaient, étaient regardés pour l'essentiel par les familles des athlètes. Pas un mot, pas une ligne dans les médias de l'ancien maître. Pendant ce temps, les commentateurs sportifs des pays dominés se déchiraient les cordes vocales pour crier les exploits des vainqueurs dans des compétitions où les meilleurs dans leurs disciplines respectives brillaient par leur absence.

Le summum était le comportement des dirigeants africains au sommet des chefs d'État. Ils firent une haie d'honneur à leur homologue français qu'ils écoutèrent religieusement lors de son intervention. Ils firent la queue pour être reçus en tête-à-tête et se bousculèrent au point de se piétiner pour être le plus proche du maître pour la photo de fin de conférence.

Chapitre 13

Floriane se pencha et posa sa tête sur les cuisses d'Ôssato. Le quatrième fils du couple Djèlè allongea légèrement les jambes pour permettre à sa conjointe d'être dans une position plus confortable. Il lui passa la main dans les cheveux et la caressa. Elle s'assoupit.

Le car franchit la frontière, laissant derrière eux le pays des Haoussas, ce peuple de courageux et valeureux travailleurs dont quelques-uns avaient bercé l'enfance d'Ôssato. Ils avaient quitté pour beaucoup les terres arides de leur pays pour accepter tous les petits boulots qui leur étaient proposés. Leur ténacité les avait propulsés à la tête des faiseurs des petits-déjeuners et des cafés et thés servis le soir à des populations aux bourses limitées.

Enfin, le pays des hommes intègres.

— Nous sommes chez Sankara, lâcha comme un cri du cœur Floriane.

Ce jeune capitaine de l'armée burkinabé marqua les esprits des Africains en particulier. La Haute-Volta, dépecée en 1932 entre le Mali, le Niger et la Côte d'Ivoire, retrouva la totalité de ses membres en 1947 avant d'aller ramasser son indépendance à l'instar de ses voisins en 1960. Comme les autres membres de la sphère francophone, elle végétait dans la léthargie et s'époumonait à vouloir construire à l'identique le modèle occidental. Le capitaine Thomas Sankara et quelques officiers amis dont certains le trahiront et l'assassineront quelques années plus tard, en octobre 1987, entreprirent de rendre sa dignité à leur peuple en prenant le pouvoir le 4 août 1983. Le remplacement de la Haute-Volta par le Burkina Faso ne fut pas un simple changement de nom, le caprice de jeunes officiers tentés d'inscrire leur nom dans l'histoire comme le ferait un vulgaire ministre qui pondrait une loi qui ne serait mue par une quelconque vision. Ce fut le départ de la prise en compte des potentialités et des réalités du pays et de ses habitants.

Le Burkinabé se mit d'abord à regarder avec une certaine méfiance le produit de son terroir avant de se le réapproprier de façon définitive.

L'humilité et la disponibilité du capitaine Sankara gagnèrent les cœurs de ses compatriotes.

La jeunesse africaine et l'Afrique, qui, depuis son discours historique à la tribune des Nations unies, où, parti de la présentation de son pays et de l'explication de son rôle d'envoyé de son peuple, il se lança dans un vibrant plaidoyer du droit à la vie des peuples opprimés à travers le monde, l'écoutaient de plus en plus, virent dans cet intrépide capitaine le relais des Patrice Lumumba, Kwame Nkrumah, Gamel Abdel Nasser, Nelson Mandela qui était encore en prison, et tous ceux qui ont payé de leur vie la liberté des leurs.

Comment faire renaître Thomas Sankara sans y perdre la vie ? Telle était l'angoissante et lancinante question que se posaient Ôssato et Floriane.

— Et si on restait quelques jours à Ouaga ? proposa Ôssato.

— J'aurais bien aimé na Délei, mais il me faut voir le gynécologue de ma mère. J'accepte qu'on y passe une nuit.

Ôssato n'avait pas besoin de cours pour comprendre le sens du propos de Floriane. Il la tint par la main et ils se baladèrent dans les ruelles de Ouagadougou. Ils se sentaient chez eux. Un célèbre artiste, le Rossignol du Dopé, dancing très en vogue au bord de la lagune Ébrié, n'avait-il pas chanté Ouezzin Coulibaly, ancien député élu le 10 novembre 1946 pour représenter le territoire de la Côte d'Ivoire au parlement européen avant de présider le conseil de gouvernement de la Haute-Volta en 1958, puis finir à la vice-présidence de cette même Haute-Volta ? Daniel Ouezzin Coulibaly serait certainement devenu le premier président de la Haute-Volta, le père de l'indépendance, s'il n'était pas mort en 1958.

L'image d'un des employés des plantations de son père qui le portait très souvent sur ses larges épaules lorsqu'Ôssato pleurait refit surface dans son esprit. Cet homme, devenu un oncle, venait de la Haute-Volta dont une partie du territoire était encore rattaché à son pays il y a à peine un demi-siècle.

La terre de naissance de l'oncle venu du pays lointain était la sienne, il la vivait ainsi.

Chapitre 14

Ils sautèrent dans le vieux train colonial qui reliait Abidjan à Ouagadougou. Cette juxtaposition de wagons aux sièges vieillis grommelait sur la voie unique de l'ère des travaux forcés. Ces travaux indignes avaient été abolis. Les deux pays avaient acquis leur indépendance, gage d'une souveraineté qui s'avéra factice. La construction du ferroviaire qui aurait pu désenclaver des régions entières n'émargea pas dans la colonne de développement des nouveaux pays, supplétifs de la France dans les organisations internationales. La régie Abidjan Niger, avec sa cohorte d'agents oisifs, continuait d'exhiber ses pancartes jaunies par le temps et ses bâtiments au bord de la rupture.

Le train, outil au service de l'écologie, était ignoré, dédaigné au profit des autocars et autres véhicules à moteur d'un autre âge qui, à chaque convoi, polluaient l'air, décapitant la flore utile aux espèces vivantes, étouffant une faune aux abois.

Le train arriva à Bouaké. Les vendeurs d'objets divers assaillirent ses abords au point d'empêcher les voyageurs, dont c'était la destination finale, de descendre.

La deuxième ville de Côte d'Ivoire était un condensé de l'Afrique de l'Ouest tant on y rencontrait les différentes populations des pays limitrophes.

L'inamovible maire de cette grande cité du centre du pays des éléphants était d'origine voltaïque. Il fut nommé comme d'autres étrangers à la tête de grandes administrations ivoiriennes. Pour ses détracteurs, le premier président ivoirien, à la base de ces promotions, cultivait ce qu'ils baptisèrent « Le complexe Kwame Nkrumah ».

Pour les tenants de cette thèse, Houphouët Boigny était en son âme et conscience séduit par l'idée du panafricanisme telle que prônée par le leader ghanéen. La construction des États-Unis d'Afrique, symbole d'une indépendance véritable et de la maîtrise de son destin. Tenu par le bras de chemise par l'ex-colonisateur, n'ayant pas les coudées franches, il choisit de substituer à cette noble vision l'entassement dans son pays de plusieurs étrangers d'origines africaines diverses.

L'intime conviction d'Ôssato relevait d'une autre nature : le père de l'indépendance de la Côte d'Ivoire n'avait jamais cru en un édifice des États-Unis d'Afrique. Il existait plusieurs Afrique. Le forestier et le Sahélien n'obéissaient pas aux mêmes codes. Ils devaient vivre ensemble et apprendre à se connaître. Le reste suivrait.

Mais Houphouët Boigny n'était surtout pas prêt à céder les prérogatives d'Abidjan, capitale de la Côte d'Ivoire, à une autre ville non ivoirienne. Son hostilité à cette éventualité était connue de tous ses visiteurs.

Vous courez après les États-Unis d'Afrique ? Je vais faire vivre des Africains dans un même pays où ils travailleront ensemble.

Pendant près d'une décennie, Abdoulaye Sawadogo, voltaïque, dirigea le ministère de l'Agriculture, poumon de l'économie ivoirienne ; Amadou Thiam, sénégalais était à l'information, Mohamed Diawara, malien au plan, Dico Garba, nigérien à la production animale, Tidiane Dem et bien d'autres encore détinrent les clés de secteurs essentiels de la politique économique et sociale de la future nation ivoirienne.

Ils retrouvèrent l'air d'Abidjan exsangue. Le côté pittoresque du voyage par le train colonial ne gommait pas l'extrême fatigue qui en résultait pour les passagers. Les arrêts du train étaient trop nombreux et très longs pour laisser les organismes indemnes.

Ôssato et Floriane filèrent dans la discrétion à leur domicile.

Retour à la case départ.

Ils étaient partis rayonnants, conquérants, prêts à vaincre la Méditerranée et son cortège de cadavres de jeunes gens qui avaient rêvé d'un quotidien meilleur. Ils avaient quitté cet appartement, résolus à vaincre des passeurs ténébreux et lugubres qui, sans remords, décapitaient l'avenir d'hommes et de femmes caressant le rêve d'échapper aux conséquences désastreuses et sans vision des politiques des dirigeants de leur pays.

Ôssato entreprit de masser sa compagne cette fois avec des produits issus de leur gigantesque armoire à pharmacie. Il est des moments où des éléments extérieurs nous extraient de nos mélancolies, de nos tristesses, de nos détresses poignantes.

Les diverses étapes de leur périple depuis la nuit de l'horreur, jalonnées de bruits et de rencontres, différents les uns des autres, les avaient préservés de l'abattement, leur avaient servi de bouclier contre la déprime.

La digue était tombée. Ôssato se retrouvait en première ligne. Le fils Djèlè devait se donner les armes pour éviter une dépression à Floriane.

Une virée dans une station balnéaire, dans le sud-ouest du pays, non loin de San Pedro, la ville natale de leur amour, lui vint à l'esprit. Cette idée qui, en d'autres circonstances, aurait pu mettre Floriane dans un état d'excitation, la laissa de marbre.

Elle ne désirait qu'une chose et une seule : dormir et dormir. Seul Ôssato sortit du domicile pour des provisions. Floriane resta trois jours et trois nuits sans contact avec le monde extérieur.

— Les signes.

— Quels signes ? demanda Floriane.

— L'acte insensé de Kiwé.

— Et alors ?

— J'aurais dû temporiser et ne pas réagir comme un écureuil qui, à la vue d'un serpent, s'agrippe à la première branche venue. Mon grand-père n'avait jamais cessé de vanter l'importance des signes dans nos vies. Leur saine lecture évitait les dangers, faisait choisir les bons chemins ou simplement donnait une explication, à ce qui paraissait, incompréhensible.

Copa Barry, légendaire gardien des buts de l'équipe de Côte d'Ivoire participe à sa dernière CAN (coupe d'Afrique des nations) en qualité de remplaçant. Gbohouo, le numéro un des cages ivoiriennes, réalise une CAN extraordinaire, mais se blesse lors de la demi-finale. Barry prend sa place pour la finale et, au bout d'un match épique mais sans but, les deux équipes arrivent à la stressante phase de tirs au but. Les deux premiers tireurs ivoiriens arrosent les tribunes. Leurs adversaires ghanéens ne tremblent pas et remuent les filets de Barry. Le camp ivoirien semble dire adieu à un deuxième sacre. En face, on évalue déjà le nombre de bouteilles de champagne à ouvrir dans les minutes à venir. Le sort s'inverse.

Les prochains tireurs ghanéens décident de ne pas priver de ballons les spectateurs dans les tribunes. Tous les joueurs de champ terminent leur mission. Le Ghana et la Côte d'Ivoire sont toujours à égalité. Au tour des gardiens. Le Ghanéen s'avance et Barry plonge du bon côté et arrête le tir. La Côte d'Ivoire retient son souffle. Barry s'élance et trompe son homologue ghanéen. Le pays des éléphants enlève son second titre dans la compétition.

C'était le jour de Copa Barry. Cet homme qui avait tant donné à son pays ne pouvait pas mettre fin à sa carrière internationale, en catimini, dans l'indifférence générale.

La blessure de Gbohouo était le signe.

— Tu as sans doute raison na Délei, mais battre notre coulpe tous les matins ne nous conduira à rien, ne nous fera aucunement avancer. Nous devons secouer la poussière de nos corps, de nos sandales et revêtir des habits neufs.

C'est toi qui parlais de traverser des marigots à San Pedro. Nous venons d'en franchir quelques-uns avec des bêtes décidées à se nourrir de la chair de tout imprudent. Nous sommes là. Entiers. Quel est notre nouvel agenda ? C'est sur ce terrain-là que je t'attends mon amour. J'ai fait mon quota de sommeil. Nous allons rendre visite à mes parents. Ma mère doit avoir perdu la peau de ne pas avoir de nouvelles de sa fille. Nous leur servirons le repas de notre choix. Ce qui est à nous, et qui devrait inutilement les bouleverser, ne sera pas versé à la table de ce qui nous serait demandé.

— Tu es unique, Flo.

— Je ne le crois pas un seul instant na Délei. Mais c'est gentil de me le dire. Les trois derniers jours m'ont permis de réaliser que je suis en vie. Tu es à mes côtés. Si nous nous enfermons dans nos souffrances, ceux qui ont voulu détruire ma vie auront gagné. Et que deviendraient tes belles idées, tes légitimes ambitions qui t'ont fait atterrir au port de San Pedro ? D'autres défis nous attendent sûrement. D'autres désillusions sans doute aussi.

Tous les candidats ont espéré atteindre Lampedusa. Seuls quelques-uns foulent le sol italien. Certains finissent tragiquement dans les eaux. D'autres, pour diverses raisons, ne monteront jamais dans les bateaux. Nous le savions. Nous avons augmenté la population de la seconde catégorie.

C'est en homme et femme aguerris, sortis de douloureuses blessures, que nous posons le pied dans le nouveau chemin.

Debout soldat. Tu as perdu une bataille. Tes armes sont intactes. Ta tribu espère en toi, ton pays attend ta contribution à son éveil, à son épanouissement. Tu ne peux pas te défiler. Je suis là pour tenir la lampe allumée pendant ton repos.

Une grande émotion envahit Ôssato. Ses épaules venaient d'être libérées d'un énorme poids. Floriane était revenue. Tout était à nouveau possible. Les astres s'alignaient pour un nouvel épisode. Son admiration pour Floriane se décupla. Elle avait choisi de ne pas s'enfermer sur elle-même. Les enjeux liés à l'édification de son pays étaient au-dessus de sa personne, de son sort.

Chapitre 15

Les parents de Floriane étaient trop heureux de revoir leur fille pour s'attarder sur la légèreté des propos qui leur étaient tenus. Les dangers auxquels s'exposaient tous ceux qui passaient par les côtes libyennes pour joindre l'Europe étaient ressassés dans les informations quotidiennes. Leur fille unique était à nouveau sous leur toit. Les raisons de ce retour non programmé étaient dérisoires.

Madame Loficial proposa à Floriane et Ôssato de passer quelques jours au domicile parental.

Akissi Loficial avait perdu le sommeil après le départ de sa fille et de son compagnon pour ce qu'elle appelait une expédition risquée. Son corps s'était atrophié en quelques jours, nécessitant une hospitalisation. Jean-Pierre Loficial fut tenté de demander à leur fille de rentrer lorsqu'il l'avait au téléphone. Mais il savait qu'il avait perdu la main, comme son épouse, sur leur fille. Très proche de ses parents, Floriane ne pouvait pas faire un pas, entreprendre une action sans prendre leur avis. Or, un homme avait bouleversé cet ordre établi, coupé le cordon ombilical qui avait résisté au temps. Ôssato.

Akissi Loficial avait emprunté le même chemin quelques années plus tôt pour mi Kanni, le surnom de Jean-Pierre signifiant « Ma Lumière ». Mais cet Européen qui deviendra son époux avait un poids très relatif dans ses décisions. La luette lui obstrua la gorge lorsque sa fille lui dit un jour au détour d'une insignifiante conversation qu'Ôssato était son oxygène. Ils étaient ravis pour leur fille, mais très inquiets que cet homme qu'elle chérissait tant ne soit pas à la hauteur de cet amour sans limites.

Il n'était donc pas envisageable de séparer leur fille de son compagnon fut-ce pour quelques jours.

— Qu'en penses-tu, na Délei ?

— C'est un honneur pour moi. J'accepterai volontiers de vivre ici autant de temps qu'ils le voudront. Mais tes parents ont besoin de partager du temps avec leur fille. Tu leur as beaucoup manqué. Je t'appellerai régulièrement. Je ne suis pas loin. Quelques minutes nous séparent.

— Je ne peux plus rester sans toi.

— Mais moi non plus. Tu dois juste comprendre que ta mère veut retrouver sa fille, la prendre dans ses bras, lui chuchoter des mots comme quand tu faisais tes premiers pas. Ces moments n'ont pas besoin de témoins, ne doivent pas avoir de témoins. Je ne peux être pleinement heureux et apaisé intérieurement que si la corde qui te lie à tes parents reste éternellement sans nœud.

— Je perds un peu de ma lucidité lorsque tu te retrouves sur un plateau de la balance. Je reste, mais promets-moi de prendre soin de toi et de ne point oublier que tu as une femme qui t'attend.

Ôssato quitta la famille Loficial un peu surprise de ne pas voir Floriane à ses côtés. Akissi et Jean-Pierre Loficial l'avaient adopté spontanément. Certes, l'amour sans bornes de leur fille pour lui y avait été pour beaucoup. Mais en d'autres lieux, cela n'avait pas empêché les futurs beaux-parents de mettre une rivière avec un pont flottant les séparant du futur gendre.

Ôssato utiliserait ses moments de solitude pour reformuler leur projet. Le plus dur commençait sans doute.

Il avait quitté Abidjan pour San Pedro. Son ami-frère Kiwé l'avait poignardé dans le dos et s'était envolé avec ses économies. Moins nanti, il s'était jeté à corps perdu dans une dangereuse aventure. Certes, on n'accroche sa serviette que là où notre main arrive. Mais quand même.

Floriane, l'être auquel il était viscéralement attaché au même titre que ses parents Djèlè, avait manqué de peu d'y perdre la vie.

Disposant de très peu de moyens, l'horizon s'était à nouveau obscurci. Le passage à San Pedro lui avait fourni beaucoup de munitions qui s'étaient rapidement envolées comme la neige sous les rayons ardents du soleil.

Il eut une pensée pour M. Belo. Qu'était-il devenu ? Avait-il trouvé un autre pigeon pour ses œuvres dévastatrices ? La fortune, que cet homme qu'ils avaient fini par appeler oncle Belo lui avait fait gagner en un temps record, partit aussi vite qu'elle était venue.

Ôssato se rangea un instant à l'idée que tout bien mal acquis finissait par retrouver ses sources. Cela n'était en vérité que très partiellement vérifié. Des grands magnats de la drogue, ces grands vendeurs d'armes à travers le monde, à la tête des empires qui sèment le crime et le désespoir, vivaient tranquillement et longtemps avant que la faucheuse ne leur donne rendez-vous.

Il avait été déplumé par Kiwé, un personnage à la morale flottante. Il s'était lancé tête baissée sur les routes du désert faisant fi du désordre et de l'odeur de la mort qui y régnaient.

Attribuer la vallée de ses désillusions à l'origine douteuse de sa petite fortune était un beau raccourci pour un cerveau qui se refusait à l'introspection.

Rester dans son pays était un échec. Mais c'était surtout la fin du projet de la poursuite de la construction de son être. C'est le défaut d'armes pour combattre pour son peuple, tenir la dragée haute aux profiteurs, mettre fin à leurs agissements qui l'avaient conduit dans la belle cité de San Pedro. Il avait fièrement dit à l'oncle Belo qu'il ne disposait pas de moyens intellectuels pour aider à la construction au plus haut niveau de son pays.

Ces moyens lui faisaient toujours défaut. Il fallait remonter sur le cheval et repartir à la quête des outils indispensables à la réalisation de son projet. Un nom et un seul lui vint à l'esprit. Blofouè Maurice. Son protecteur. Son second père. Celui-là même qui lui avait proposé de le faire travailler à ses côtés au ministère du Budget.

Il appela Blofouè Maurice qui manifesta son désir de le revoir incessamment.

— Où es-tu EV, Écorché vif ?

C'est ainsi que l'appelait son protecteur.

— Je suis à Abidjan. Je suis là depuis une dizaine de jours.

— Mais où étais-tu passé en me laissant sans nouvelles de toi aussi longtemps ? Que fais-tu à présent ? Peux-tu me rejoindre pour manger quelque chose ensemble ?

Ôssato sauta dans le premier taxi et retrouva Blofouè Maurice dans ses luxueux bureaux. Les deux hommes s'enlacèrent.

— Comment peux-tu disparaître sans donner la moindre nouvelle ? Ton frère Benjamin a même dit à ta tante, sa mère, que je savais où tu te trouvais. Il n'avait pas cessé, dans le passé, de répéter que je lui avais volé son ami. Il m'avait dit au cours d'une partie de pêche que tu avais pris sa place dans mon cœur. Cela faisait plus d'une heure que nos flotteurs ne bougeaient pas. J'avais alors dit que, si tu avais été là, tu aurais déjà commencé à remplir ton seau de poissons. Ces mots m'avaient fortement troublé. Même s'il relativisa ses propos en ajoutant qu'il plaisantait, j'avais demandé à sa mère si elle avait la même grille de lecture de nos rapports.

— Et que t'avait répondu tante Lucie ?

— Qu'il fallait que je fasse attention, qu'un garçon est sensible aux propos de son père auquel il cherche souvent à s'identifier. Qu'il fallait que je m'entretienne avec Benjamin, ce que je fis dans les heures qui ont suivi notre échange. J'ai dit à ton ami-frère que s'il t'admirait, et c'est peu de le dire puisqu'il ne parlait que de toi avant qu'on ne fasse ta connaissance, tu devais être quelqu'un de bien puisque nous croyions en son jugement, en son flair. Ne dit-on pas que ce sont les oiseaux de même plumage qui volent ensemble ? Il réitéra ses propos tenus lors de notre escapade et ajouta qu'il était fier que ses parents aient adopté son ami. Chaque fois qu'il a appelé de Chicago, il n'a pas manqué de nous demander si nous avions de tes nouvelles. J'ai dû recourir au mensonge en lui disant un soir que tu nous avais contactés d'un pays limitrophe où tu étais en mission dans le cadre de tes activités professionnelles. Que tout allait bien pour toi. Que tu nous chargeais de le saluer.

— Je regrette de vous avoir causé tant de soucis. Et comment les choses se passent-elles pour Benjamin au pays d'Angela Davis ?

— Les débuts ont été difficiles. Mais il a pris ses repères et le passionné de la NBA qu'il est ne manque pas un match des Blues de Chicago.

— Je suis vraiment content pour lui. Je ne doute pas qu'il puisse réussir là-bas, mais qu'est-ce qu'il me manque… Je l'appellerai bientôt. Quand je serai prêt à subir ses foudres. Le connaissant, je sais qu'il m'attend pour me fusiller de questions.

— Allez viens, je t'invite. On va poursuivre la discussion autour d'un bon repas.

Ôssato et le père de son ami-frère prirent place dans un des restaurants chics d'Abidjan où le prix d'un verre d'eau valait celui d'un repas entier de l'un des quartiers populaires de la ville. Mais il était avec le responsable du budget du pays. Un haut fonctionnaire de l'État émargeant dans la partie haute des grilles de salaire.

— EV, que t'est-il arrivé ? Où étais-tu ? J'ai appelé San Pedro et M. Belo m'a répondu que tu avais démissionné de tes fonctions. Il m'a intrigué en ajoutant que sa secrétaire particulière avait aussi démissionné et qu'il était persuadé que c'était une action concertée et qu'il te soupçonnait d'entretenir des relations avec cette femme. Aucun de tes amis que nous connaissons n'a pu nous fournir ton agenda. Benjamin a suggéré que j'envoie quelqu'un au village auprès de tes parents. Sa mère m'en a dissuadé. S'ils n'avaient pas non plus de tes nouvelles, cela pourrait les affoler et on n'aurait pas avancé pour autant. Qui pouvait être cette femme avec laquelle tu aurais disparu sans laisser de trace ? Chaque jour qui passait, chaque appel de Benjamin à qui nous donnions invariablement la même réponse, était des moments de tension. Nous marchions dans le brouillard. Tu ne pourras jamais imaginer le cri qu'a poussé au téléphone ta tante Lucie lorsque je lui ai dit que tu m'avais téléphoné. Tu devras appeler personnellement Benjamin. Maintenant, je t'écoute.

— Je suis vraiment navré. Mon comportement n'est pas excusable. J'ai effectivement quitté mes fonctions à San Pedro. J'y gagnais beaucoup d'argent, mais je ne me sentais pas bien. J'allais chaque jour à contre-courant de mes principes, de ce que m'ont enseigné mes parents, de ce que tu m'as toujours signifié comme limites à ne pas franchir. Je t'aurais révélé la réalité de mon vécu que tu m'aurais demandé de rentrer immédiatement à Abidjan. J'ai été une des chevilles ouvrières d'un système qui a érigé le détournement des deniers publics en mode de fonctionnement d'une entreprise.

Melle Floriane Loficial, secrétaire particulière de M. Belo, avec laquelle j'entretenais des rapports dépassant le cadre professionnel, a décidé de me suivre.

— Tu veux parler de la fille du patron de l'école de la Police nationale ?

— Oui.

— Son père est un vieil ami et je n'ai rien su ? Je te laisse poursuivre.

— Quand je suis revenu à Abidjan, l'homme qui était chargé de me trouver un visa pour la France, un ami de longue date, s'est envolé pour la Finlande avec mon argent.

Ôssato fit le récit complet de sa douloureuse aventure avec Floriane.

Blofouè Maurice avait depuis longtemps lâché ses couverts. Il écoutait Ôssato sans l'interrompre. Il avait perdu l'appétit. Ôssato aussi.

Il leva la main et un employé vint débarrasser leur table. Le patron du restaurant arriva dans la minute suivante.

— Maurice, quelque chose ne va pas ? Le repas n'était pas bon ?

— Si, si Henry. Tout ce que tu fais ici avec tes employés est parmi les meilleurs. J'ai juste quelques difficultés avec mon fils que voici. Mais tout cela rentrera dans l'ordre.

— Je le souhaite. Je dirai à mon intendant de ne pas noter le repas du jour dans ses registres.

— Non, il n'en est pas question, Henry. Nous avons bien consommé. Tu as du personnel à payer à la fin du mois.

— Je sais que ce serait peine perdue que de vouloir te faire changer d'avis. Je vous laisse et je te dis, jeune homme, que tu as une chance inouïe d'avoir cet homme en face de toi comme père.

— Je n'en ai jamais douté, monsieur.

— Merci, Henry.

Le patron du restaurant retourné à ses affaires, la discussion reprit.

— Tu rejoindras Benjamin à Chicago pour y reprendre tes études.

— Mais je n'ai plus d'économies et je ne vis plus seul.

— Je prendrai en charge tes frais d'études et tout le reste. Quant à ta compagne, je rencontrerai ses parents et on verra ce qu'il y a lieu de faire.

— Merci beaucoup Tonton, mais je veux travailler au moins un an. Tu sais très bien que je n'ai jamais voulu dépendre entièrement de quelqu'un.

— Tu viendras travailler à mes côtés au ministère.

— Et Floriane ?

— Je verrai dans les jours à venir son cas. Mais je dois d'abord rentrer en contact avec ses parents.

Chapitre 16

Blofouè Pécheral Maurice, dont le père était un blanc, avait connu Jean-Pierre Loficial à l'université des sciences et techniques de Lille. Le père de Floriane, qui terminait sa thèse de doctorat en mécanique des milieux continus, prit sous son aile Pécheral Maurice, un jeune étudiant frêle qui débarquait de sa Côte d'Ivoire natale. Le grand-père paternel de Floriane avait exercé dans ce grand pays d'Afrique occidentale durant une décennie avant de retourner en France. Son fils, qui y avait passé une partie de son enfance, garda un attachement pour le pays des éléphants. Par le biais du ministère français de la Coopération, il sollicita un poste en Afrique. Le premier président de Côte d'Ivoire, après en avoir fait un conseiller au ministère de l'Intérieur, le nomma à la tête de l'École nationale de Police.

Le tout jeune ministre du Budget fut surpris et ravi d'entendre le nom de ce « grand frère » au conseil des ministres. Il n'oublia pas les dix mois passés ensemble au plat pays. Les conseils et les marques d'attention de Jean-Pierre Loficial l'aidèrent à supporter le froid du Nord, mais surtout à prendre très tôt ses repères dans la vaste cité scientifique de Villeneuve d'Ascq.

Sa première action à la sortie de la réunion gouvernementale consista à chercher le père de Floriane. Les liens amicaux entrepris en France se raffermirent.

Maurice Pécheral se rendit au domicile des parents de Floriane.

Akissi et Jean-Pierre Loficial furent agréablement surpris. Le père adoptif, comme Blofouè Maurice se définissait lui-même, de leur gendre était une vieille connaissance, un familier. Ôssato leur avait parlé de ses parents. Ceux-ci résidaient à quelques centaines de kilomètres d'Abidjan, à Soki. Blofouè Maurice devenait le vrai pont entre les deux familles.

— Akissi ?

— Oui, Maurice ?

— Tonton Maurice, je suis heureuse de te revoir ! (Floriane venait de quitter sa chambre.)

— Moi aussi ma petite princesse. Cela fait un petit moment.

— Et comment va tante Lucie ?

— Bien, ma fille.

— Dis, Floriane, tu prolongeras tes retrouvailles avec ton oncle, mais laisse-nous terminer notre discussion.

Floriane n'insista pas et prit le chemin de la cuisine.

— Je suis venu discuter de la situation de nos enfants, reprit Blofouè Maurice. C'est seulement hier qu'Ôssato m'a relaté tout ce qui leur est arrivé ces derniers mois. Vous en savez certainement plus que moi. L'heure n'est plus à porter des jugements. Que pouvons-nous faire dès à présent pour les aider à se relever ? Les chemins de Floriane, votre fille, et d'Ôssato, mon fils, se sont croisés et j'en éprouve un sentiment indescriptible.

— Nous sommes davantage rassurés de savoir que Floriane vit désormais avec ton fils Ôssato. Nous pouvons attendre avec sérénité de rencontrer dans les temps à venir, ses parents biologiques.

— Je propose de faire travailler Ôssato auprès de moi. Floriane pourrait travailler aux côtés de Kwleygnon, le directeur de l'Administration territoriale qui est un ami.

— Merci Maurice, intervint Jean-Pierre Loficial. Tu es toujours aussi rapide que l'éclair. Akissi et moi avions voulu que Floriane travaille au ministère de l'Intérieur il y a quelques années. Elle avait choisi de suivre son compagnon de l'époque à San Pedro. Elle est revenue du pays Krou[55] avec Ôssato. Je me suis gardé personnellement de poser des questions. Akissi et moi avons réalisé que ton fils Ôssato a une emprise totale sur elle. Elle ne respire et ne vit que pour lui. Tu connais la suite. Nous n'avons pas manqué, depuis qu'elle est revenue sous notre toit, d'envisager avec elle, son avenir immédiat. Les jours meilleurs, elle nous renvoie à Ôssato, sinon elle s'enferme dans sa chambre et refuse parfois de s'alimenter. Nous sommes des parents inquiets. Quelque chose d'inimaginable s'est produit en Libye. Elle ne veut pas en parler. Nous sommes un peu désemparés, sans munitions. La seule issue, la clé ? C'est ton fils Ôssato.

— Merci Jean-Pierre. Je ne suis pas un faiseur de miracles, mais je m'emploierai à décanter la situation. Ôssato commencera la semaine prochaine. J'inviterai Floriane et nous verrons à trois comment et quand elle pourra reprendre le travail.

Blofouè Maurice quitta ses amis les jambes un peu lourdes et la tête en ébullition. Le comportement de Floriane lui

---

[5] Peuple de l'Afrique qu'on retrouve aussi bien en Côte d'Ivoire, qu'au Libéria.

paraissait préoccupant. Mais la vraie raison de son mal-être du moment était d'avoir appris que Floriane avait quitté son premier compagnon pour son fils Ôssato. Il demanda à Ôssato de le trouver le soir à son domicile.

— Eh mon fils, pourquoi tu nous as fait tant de frayeurs ? Tu veux notre mort ou quoi ? Madame Pécheral ne voulait plus lâcher Ôssato.

— Non, Tante Lucie. J'ai voulu au contraire vous éviter des tourments, mais je crois que je me suis trompé. Pardonnez-moi.

— Tu es là et c'est le plus important. On va appeler ton frère Benjamin.

— Mais tante Lucie, j'avais prévu de le faire tranquillement de chez moi.

Il n'eut pas le temps de finir sa phrase que Mme Pécheral lui tendait le téléphone.

— Alors, vieux sorcier, tu es fier de toi ? Tu pensais qu'on ne te retrouverait pas. Tu croyais pouvoir disparaître et me laisser mourir de chagrin. Sache que tu as tiré à côté. Tu as vraiment joué bidé[6]. Tu ne te débarrasseras pas si facilement de moi. Alors je t'écoute. Qu'as-tu à dire pour ta défense ? Avant que tu ne dises quoi que ce soit, je voudrais te dire mon bonheur de te savoir à la maison, avec les parents. Je peux à présent me donner à fond dans mes études, la tête tranquille. J'avais dit aux parents que s'ils continuaient à me mentir en t'envoyant dans des missions où on ne pouvait même pas te joindre comme si tu étais perdu dans la forêt amazonienne, je prendrais un billet simple pour aller te chercher.

— Mon petit agouti, comme je l'ai fait avec les parents, je te demande aussi de me pardonner. C'est une très longue histoire

---

[6] Nom donné au chiffre 1 dans le jeu de ludo.

et je ne peux te la conter au téléphone. Je veux t'avoir en face de moi pour cela.

— Dis, vieux sorcier, maman m'a dit que tu serais avec Floriane, la fille du boss de l'École de police. Tu as frappé fort. Qu'est-ce qu'une telle beauté a pu te trouver ? Quand je te dis que tu es un sorcier…

— Parce que tu la connaissais ?

— Quelle question ! Il n'y a que toi qui, pensant avoir raté ton chemin de séminariste et rêvant de finir dans un monastère, fermais les yeux au passage d'une fille. Et tu n'oublies pas que papa parlait toujours de ce blanc qui s'était lié d'amitié avec lui en France.

— Vivement tes vacances pour que tu reviennes ! Tu me manques petit agouti.

Ôssato raccrocha et alla retrouver Lucie et Blofouè Maurice qui l'attendaient.

— Ton frère va pouvoir bien dormir. Enfin.

— Oui, tante Lucie. Moi aussi. Il n'a pas cru tout ce que vous lui avez dit pour justifier mon absence.

— Je le savais mais je n'avais pas d'autres cartouches, ajouta Blofouè Maurice. Tout cela est désormais derrière nous. J'ai rencontré les parents de Floriane. Ils m'ont appris que leur fille vivait à San Pedro avec un homme. Et ça, tu ne me l'as pas dit. Me caches-tu d'autres choses que je découvrirai dehors ?

— Non, Tonton. J'ai jugé que cela n'était pas très important. Sache que je n'ai causé de tort à personne. En dehors de ce que j'ai fait dans mes fonctions d'assistant du DG du port de San Pedro, je me suis efforcé de ne point faire de la peine. Je n'ai peut-être pas réussi, mais j'ai gardé mon chemin.

— Nul n'est sans reproche EV, parlons de demain. Tu viendras travailler avec moi au ministère dès la semaine prochaine. Floriane devrait aller à l'administration territoriale. Ses parents ne la sentent pas prête. Ils pensent que la solution est dans tes mains. Je voudrais qu'on en discute à trois ou que tu lui en parles seul à seule.

— Merci Tonton. Je lui en parlerai, mais comme la proposition vient de toi, je souhaiterais que tu aies un entretien avec elle.

À peine avait-il fini sa phrase que son portable sonna. C'était Floriane.

— Je dois partir Tante Lucie. Floriane veut qu'on se retrouve à mon appartement.

— Quelque chose n'irait pas ? Pourquoi ne lui demandes-tu pas de venir directement ici ? Ton oncle en profiterait pour discuter avec elle.

— Non, Tante Lucie. Le son de sa voix ne trahissait pas une pointe d'inquiétude. Elle m'a donné le sentiment de m'annoncer une heureuse nouvelle. Je cours donc à sa rencontre. Tonton échangera avec elle quand il le voudra, mais pas en ma présence.

Chapitre 17

Floriane l'attendait. Il n'eut pas le temps de fermer la porte. Elle lui sauta au cou, manquant de le faire tomber. Que s'était-il passé chez les parents de sa compagne ? Pourquoi n'avait-elle pas attendu que la nuit se passe ? Ôssato, qui était resté très tard chez les parents de Benjamin, avait traversé une ville presque endormie. Seuls les maquis et autres lieux nocturnes ne dérogeaient pas à leurs habitudes. Depuis leur retour de Libye, Floriane n'avait montré un tel visage, fait preuve d'autant d'allégresse.

— Devine, devine, devine, na Délei…

Ôssato semblait perdu, mais tout excité de savoir ce qui avait transfiguré Floriane.

— Je donne ma langue au chat.

— Tu te rends sans combattre. Tu ne veux même pas faire un petit effort ? Cherche un tout petit peu, na Délei.

— Nous ne jouons pas à la loterie et…

— Et quoi ? Je sens que tu n'oses pas te lancer, mais une idée te trotte dans la tête. Ne te censure pas, mon amour.

— S'il te plaît, dis-moi Flo, tu vois bien que je n'y arriverai pas.

— J'ai reçu mes instruments de mesure.

— Tu veux dire que tu es redevenue une maîtresse ?

— Oui, oui, et mille fois oui. À la moindre incartade avec ton voisin, tes doigts seront frappés.

Les yeux d'Ôssato se mouillèrent. Les dieux de leurs ancêtres ne les avaient pas abandonnés. Ils pouvaient dorénavant vivre sans un témoin encombrant, leur rappelant ce qu'ils considéraient comme une imprudence, une faute, un saut du ciel sans parachute : aller en Europe par la Méditerranée.

Les instruments de mesure, ici, étaient les règles. Autrefois, les instituteurs en faisaient usage pour tracer des droites au tableau, mais aussi pour taper sur les doigts des écoliers qui ne maîtrisaient pas leurs leçons du jour. Floriane avait toujours utilisé cette image pour contourner le fameux « j'ai eu mes règles ».

Les viols subis dans cette nuit d'horreur à Tripoli ne laisseraient pas de témoin. Comment aurait-elle regardé et vécu avec un enfant, fruit de tortures ? Jean-Pierre Loficial était viscéralement opposé à l'avortement. Sur le plan religieux, il se sentait proche de Monseigneur Lefebvre et des catholiques qui occupèrent par la force l'église Saint-Nicolas-du-Chardonnet près de la maison de la Mutualité, dans le cinquième arrondissement de Paris, en février 1977.

Avec le temps, il n'y a pas que l'amour qui s'en allait. Les souvenirs s'évanouissaient.

— J'avais rendez-vous avec le gynécologue de ma mère. Je vais l'annuler. Il n'y a plus urgence. Je viens à nouveau de poser le pied sur le chemin qui mène à toi, mon amour. Cette nuit-là, j'ai pensé à ma mort, à la tienne, à mes parents, aux tiens et à tous ceux que notre disparition affligerait profondément. Nos corps seraient sans doute balancés dans la mer, comme ceux de ces femmes et de ces hommes qui auraient voulu tenir tête à ces ordures. Nous aurions disparu, sans laisser de trace et les nôtres n'auraient jamais fait notre deuil. Ma mère en serait certainement morte. Toutes ces pensées qui m'ont parcouru le corps m'ont permis d'endurer le calvaire. Si je devais mourir, cela viendrait de leur décision de ne pas laisser vivre quelqu'un qui pourrait les dénoncer. Pas d'un geste mal venu de ma part. Je pensais à ta souffrance, à ta solitude. Alors j'ai résisté. Combien de temps cela durerait-il ? Le lever du jour mettrait-il fin à mon supplice ? Te reverrais-je ? Et dans quel état ? Sortirais-je vivante du cauchemar sans porter en moi une trace ? Ce sont là des questions qui allaient et venaient dans ma tête. Mon corps ne m'appartenant plus.

Ta femme est là, na Délei et ne portera que tes enfants quand tu le voudras. Seulement tes enfants. Merci à notre Dieu de m'avoir protégée et d'avoir permis que je ne sois qu'à toi.

Lorsque je t'ai vu pour la première fois, j'ai perdu pied en regardant le mouvement de tes lèvres et en écoutant ta voix féminine. À cette heure-là, tu aurais décidé de m'emmener n'importe où sur la Terre que je n'aurais pas hésité à te suivre, abandonnant tout derrière moi. Un sentiment de bonheur m'a irradié tout le corps. J'avais un ange devant mes yeux. Mon ange. Mes douleurs menstruelles m'ont procuré ce bonheur aujourd'hui.

— Flo, ma créature venue d'ailleurs, je me battrai et je prierai Dieu et tous les dieux de mes ancêtres pour demeurer l'homme que tu as rencontré, l'homme que tu aimes. Je m'octroierai tous les pouvoirs pour que tu restes à jamais la reine de la beauté, mais surtout que ta volonté de servir les autres, d'être aux côtés du plus petit, de l'étranger, du mal-aimé, du pauvre, reste inébranlable, brave les épées de tous les rapaces. Tu es mon premier port. Que le ciel fasse que tu restes le dernier.

Nous fêtons chaque année, nos jours de naissance. Notre pays a décrété le 7 août 1960 comme jour de sa naissance. Nous avons les jours des fêtes des mères, des pères, de la femme, de la musique et j'en passe.

Je voudrais que ce jour soit hissé au même rang. Nous le célébrerons chaque année. Je voudrais dire devant Dieu et devant les hommes que tu es ma femme.

Veux-tu m'épouser, Flo ?

— Oui, un grand oui na Délei. Je suis déjà ta femme. Mais c'est avec une immense fierté que je le crierai devant le maire. Tu es unique. Tout élément de la Terre voudrait vivre avec toi. Et je vais trahir ma mère en t'avouant ce qu'elle m'a dit et le conseil que je devrais porter comme une boussole. « Ce garçon, je ne le connais pas encore. Mais il est fascinant. Et ton père dit la même chose de lui. Et quel physique ! J'aurais tenté ma chance si j'avais été plus jeune. N'oublie pas que tu es un peu plus âgée que lui. Le corps de la femme, parce que soumis à des épreuves que ne connaît pas celui des hommes, vieillit un peu plus vite. Le tien n'échappera pas à cette règle. Ce garçon que tu nous as emmené attirera les filles comme le miel attire les mouches. Je te conseille d'enfermer tes éventuelles crises de jalousies dans une malle et de jeter la clé au fond de la mer. Tu pourras alors profiter de merveilleux moments avec lui. »

— Flo, ma mère me dira la même chose lorsque je te la présenterai à Soki. Je n'en doute pas une seule seconde.

Floriane embrassa son futur époux jusqu'à perdre souffle. C'était la première fois depuis leur retour dans leur pays. Le soleil se levait à nouveau sur leur lien.

Toutes les haies qui se présenteraient sur leur chemin seraient allègrement franchies.

C'est le téléphone qui les tira du lit. C'était Blofouè Maurice. Ôssato le rassura et ajouta à la grande surprise de Floriane que celle-ci le rencontrerait quand il le souhaiterait.

— Je ne savais pas que je devais rencontrer Tonton Maurice. Pour utiliser une formule bateau, je dirais que le monde est petit. Dire que tu connais Tonton Maurice, un ami de mes parents ! Je n'en reviens pas. Et pourquoi devrais-je le rencontrer ?

Ôssato fit le récit de sa soirée chez Lucie et Maurice Pécheral.

— Ainsi, tu vas travailler au ministère du Budget. N'est-ce pas le poste que tu as refusé quelques années plus tôt ?

— Si, Flo, les données ont changé. Sans doute qu'à cette époque, il n'était pas fait pour moi. Et je continue de soutenir que le hasard n'existe pas ou alors si peu. Si j'avais accepté ce poste, aurais-je eu l'immense privilège de connaître Melle Floriane Loficial ? Aurais-je eu cette chance qui est la mienne aujourd'hui de partager sa vie ? De la voir à mes côtés à mon réveil ? Je ne suis pas allé à San Pedro pour travailler puisqu'on me proposait du travail ici. Je suis allé dans ce petit joyau parce que tu y étais. Tu m'y attendais.

Chapitre 18

Même s'il avait entretenu un flou artistique autour de sa date de départ pour la France auprès de ses parents, se contentant d'un simple « d'ici la fin du mois », ceux-ci devaient croire qu'il avait quitté le pays. Son père aurait été surpris d'apprendre que son fils était et travaillait à Abidjan. Aussi belle qu'ait été la capitale économique de la Côte d'Ivoire, elle n'était pas Paris.

Il ne pouvait donc pas y reprendre du travail sans en donner les raisons à ses parents. Blofouè Maurice à qui il expliqua la situation consentit avec lui que ce serait une grave faute.

Mais comment justifier la remise au lendemain d'un voyage qu'il avait vendu hier comme essentiel et véritable tournant de sa vie ? Belle équation aux inconnues inconnues.

Une seule issue s'imposait pour brouiller les esprits, les faire converger vers une grande lumière rendant dérisoire l'éclairage des petites bougies déployées çà et là : Floriane.

Floriane Loficial devenait l'atout majeur. La solution à une équation pouvant détruire les méninges.

C'est sous un soleil des plus beaux jours que Floriane et Ôssato arrivèrent à Soki. Bien que sa venue ne fût pas annoncée au préalable, Soki attendait Floriane. Le véhicule de transport en commun les déposa près du domicile des Djèlè. Ôssato l'avait voulu ainsi. Floriane ne devait pas être vue par le plus grand nombre. À la question de savoir pourquoi, posée avec insistance par sa compagne, Ôssato était resté évasif.

Ils entrèrent presque subrepticement dans la maison familiale. C'était à la fois heureux et ravis que les parents demandèrent les nouvelles.

— J'ai finalement voulu partir par la route en passant par le pays du vieux Ladji, chez les Markas et prendre le bateau chez Kadhafi, mais les choses ne se sont pas bien passées. Blofouè Maurice m'a demandé de travailler avec lui quelques mois, voire un an avant de quitter le pays mais cette fois par avion.

Ôssato connaissait suffisamment son père pour savoir que cette explication ne suffirait pas. Il savait, pour avoir grandi à ses côtés, que lorsqu'il battait frénétiquement le sol avec la plante du pied gauche, à l'écoute d'une personne ou d'un récit, la colère n'était pas loin. La foudre s'annonçait. Il ne le laissa pas prendre la parole et enchaîna.

— Blofouè Maurice et moi avons convenu que je vous présente Floriane avant de commencer mon travail. Je vous annonce aussi que je voudrais l'épouser et, comme je vous ai pris un peu au dépourvu, on se contenterait d'une petite cérémonie coutumière.

L'artillerie lourde avait été lâchée. Blofouè Maurice et son père se vouaient une estime réciproque sans limites. Le riche paysan, vivant sur ses terres, loin de la grande capitale, était reconnaissant à cet homme qu'il ne connaissait pas au départ, d'avoir pris régulièrement sous son toit, son fils. De l'avoir adopté. Il s'était souvent déplacé avec son épouse pour offrir le fruit de ses terres à ce métis devenu un membre de la famille. Lucie et Maurice Pécheral débarquaient au moins deux fois dans l'année à Soki avec la voiture chargée de vêtements et nourriture (boîtes de conserve, pain, poissons…) pour les habitants les moins nantis.

Cette première salve, qui mettait en avant Blofouè Maurice dans sa décision de revenir à Soki, était imparable. Le mariage avec Floriane désarmait totalement Papa Djèlè. Le pied gauche ne bougeait plus. La partie était gagnée même si c'était avec des buts marqués à la limite du hors-jeu. Il était couramment dit à Soki que, lorsqu'une maison brûlait, on ne regardait pas la couleur de l'eau utilisée pour éteindre les flammes. Le temps viendrait où on donnerait les détails, les justifications. Toutes les justifications.

— Sois la bienvenue parmi nous ma fille. Sans l'avoir sondée, je sais la grande joie qui étreint mon épouse. Tu es la première petite amie que son fils chéri, ton futur mari, nous présente et présentera sans doute demain à ses amis, parents et habitants de Soki. Nous lui avons toujours dit qu'il aurait la plus belle femme du monde s'il se consacrait d'abord à l'essentiel : ses études. Qu'un nombre incalculable de filles viendrait frapper à sa porte nuit et jour s'il n'avait pas perdu de vue son objectif premier : réussir ses études. Sans déroger à ce principe majeur, son caractère entier et quelquefois impulsif, sa volonté aveugle de vouloir combattre toute injustice sans prendre quelque recul, utile à la réflexion qui sauve, lui ont fait prendre la route qui est la sienne aujourd'hui. Dans ce chemin qui nous conduit inexorablement vers la faucheuse qui mettra le clap de fin sur notre vie, nous tombons et nous nous relevons, nous échouons et nous réussissons. Chaque étape, chaque moment porte des signes, des enseignements. Il nous revient de savoir les lire, de prendre le temps d'en tirer des enseignements.

Le tam-tam parleur dira demain à tous les Sokiés, l'heureuse nouvelle. Les anciens viendront sacraliser votre acte de mariage, en associant à nos réjouissances, les âmes de nos ancêtres.

— Merci Papa. Merci Gnian, du fond du cœur.

Floriane se leva en larmes pour enlacer tour à tour les parents d'Ôssato. Elle alla s'asseoir tout près de la mère d'Ôssato.

— Puis-je prendre la parole, na Délei ?

Les parents d'Ôssato se regardèrent, surpris que cette métisse parle leur langue. Hélas, elle ne connaissait que ces deux mots et eux non plus ne parlaient pas la langue de Molière.

— Bien sûr, Flo !

— Peux-tu leur dire ma grande émotion et leur signifier l'emballement de mon cœur qui bat si fort ? Je t'en supplie, traduis-leur fidèlement que je suis désormais leur fille. Qu'ils me jurent que cette maison sera toujours la mienne et j'aurai toujours ses clés s'il arrive que tu ne veuilles plus de moi. Tu as une sœur. Je veux être leur seconde fille, quoi qu'il arrive demain.

Les propos de Floriane furent littéralement traduits.

Pour toute réponse, Gnian Monique demanda à Floriane de venir sur ses genoux.

— Mais je suis trop lourde, Gnian.

La mère d'Ôssato insista et sa future bru se blottit, comme un bébé, dans ses bras.

Très tard dans la soirée, on fit venir le frappeur de tam-tam. Il prit toutes les informations nécessaires pour sa mission.

Le soleil s'apprêtait à lever le voile de la nuit lorsque le tam-tam résonna dans le ciel de Soki. Tous les villages, toute la forêt, toutes les âmes des ancêtres dans le bois sacré et tous les éléments de la terre furent réveillés par la nouvelle. Un de leurs fils allait se marier. Floriane, qui dormait dans une chambre à part comme l'exigeait la coutume, se leva et s'assit dans le lit, la tête dans les étoiles, attendant fébrilement le lever du jour.

Apoh, une cousine d'Ôssato, accompagnée de la Doubeyhi[7] de celui-ci frappèrent à sa porte. Floriane devait prendre une douche et s'habiller. Les deux femmes seraient à son service pendant trois jours.

Elle apparut aux Sokiés, vêtue d'habits traditionnels qui sublimaient sa beauté. « Sokiagneh, you namah saah ; Sokiés, comment une enfant peut-elle être aussi belle ? » lâcha un habitant à la vue de Floriane.

Les anciens confièrent le destin des époux aux divinités. Les liesses se poursuivirent trois jours et trois nuits.

Floriane Loficial devint Floriane Djèlè. Le passage devant le maire serait une formalité administrative à ses yeux. Une cérémonie à l'église témoignerait davantage du lien avec le colonisateur qui avait apporté, dans ses bagages encombrants, ces rites auxquels lui-même ne croyait plus depuis bien longtemps.

Comment un esprit sain pouvait-il admettre que le porteur d'un livre contenant des lignes prônant l'amour du prochain, où celui en qui il disait croire invitait chaque fidèle à aimer son prochain comme lui-même, puisse être aussi barbare ?

Comment pouvait-on raisonnablement demander à des gens de croire en un dieu d'amour, à coups de bâtons, de fusils et sous l'effet de tortures ?

---

[7] Amie du village jouant le rôle d'une confidente.

Puisqu'ils martyrisaient ceux qu'ils étaient venus convertir à leur religion, pillaient leurs sols et leurs sous-sols, les traitaient comme des êtres inférieurs, à l'égal, dans leur imaginaire, de l'animal sauvage, ils déchiraient ainsi au quotidien le précepte que le Christ considérait comme le plus important : « Aime ton prochain comme toi-même ».

On pouvait sans crainte en déduire qu'ils ne s'aimaient pas, ou alors ils avaient fabriqué une religion pour soumettre et abrutir des peuples pour ensuite les dépouiller de leurs biens.

La deuxième option était sans conteste la plus adaptée à la réalité du comportement du colonisateur.

Dès lors, que pesait une cérémonie devant des curés par rapport aux rites qui venaient de l'unir à l'homme qu'elle aimait ?

De sa jeune existence, Floriane n'avait pas connu un tel bonheur. Toutes les fibres de son corps n'étaient que plénitude. Elle se sentait purifiée, lavée de toutes les souillures d'un passé récent.

Elle n'avait qu'un seul regret : que ses parents n'aient pas été témoins de ce qu'elle venait de vivre.

Elle rembobinait le film.

San Pedro. Un jeune homme qui débarque à son bureau pour un rendez avec son patron, le DG du port. Son cœur qui s'emballe. Tout s'efface. Une plage blanche. Une renaissance. Les amarres sont larguées, les voiles sont hissées. Les éventuelles critiques et regards réprobateurs jetés par-dessus bord. Une seule volonté, un seul désir : vivre avec ce garçon ; dormir et se réveiller demain à ses côtés.

Floriane ne se considérait plus comme la femme d'Ôssato. Floriane était désormais la femme d'Ôssato. Le lien avait été avalisé par Soki et toutes les forces de l'au-delà. Ces entités étaient au-dessus d'un maire, d'un curé. Le temps venu, elle remplirait ses obligations avec son époux, vis-à-vis de ces corps secondaires pour être en conformité avec la société, offrir d'autres moments de joie à ses parents, amis et connaissances.

À l'issue des trois jours, Ôssato put rejoindre sa femme dans sa chambre.

— Na Délei, pourquoi ne m'as-tu pas dit un seul instant que nous allions nous marier ici ? Même pas un petit signe durant tout le voyage. Je ne te dirai jamais assez merci. Merci mon amour. Merci à Dieu de me faire connaître ce bonheur.

— Je t'aime Flo. Ma décision était prise depuis quelques jours. Je ne voulais pas t'en dire mot par superstition.

— Na Délei ?

— Oui mon amour…

— J'ai envie de toi, tout mon corps a envie de toi. Tout en moi te veut, te réclame.

Ainsi, Floriane et Ôssato s'offrirent mutuellement. Pour la première fois.

Soki dormait encore quand ils sautèrent dans le premier minibus en partance pour Abidjan.

— Quand est-ce que nous reviendrons à Soki ? demanda Floriane.

— Quand tu voudras, Flo.

— Ma décision est prise. C'est à Soki que nous passerons nos vieux jours. Il nous faudra y construire notre maison. J'imagine un domaine à l'image de Southfork du célèbre feuilleton Dallas. Un espace aussi grand que possible pour accueillir tous les Sokiés qui viendraient y passer de jolis moments.

— Je suis content que Soki et les Sokiés t'aient adoptée. Nous y reviendrons et réaliserons les projets que tu souhaites.

Les agapes de Soki étaient déjà derrière eux. Ôssato retrouva son père adoptif au ministère du Budget et Floriane prit ses nouvelles fonctions à celui de l'Intérieur auprès du directeur général de l'Administration du territoire.

Ici, ils n'auraient que leur salaire. Pas d'ouvriers fictifs, pas de détournements de deniers publics. Ils en auraient eu la tentation qu'ils n'auraient pu réaliser ces délits. Les postes qu'ils occupaient les éloignaient des régies financières de leur service.

Ôssato travaillait aux côtés de son mentor, à la grande satisfaction de ce dernier. Ils prenaient leurs repas ensemble. Quelquefois avec Floriane.

Akissi et Jean-Pierre Loficial ne boudaient pas leur plaisir de voir régulièrement leur fille. Ils avaient demandé et obtenu que Floriane dorme un week-end sur deux sous le toit familial. Ôssato avait accédé à cette requête, estimant que son épouse avait aussi besoin de partager un peu de son temps avec ses parents, étant une fille unique.

L'année s'était écoulée sans qu'ils s'en rendent compte. Maurice Pécheral s'était chargé des formalités administratives pour le voyage d'Ôssato et Floriane.

Fini le stress et l'angoisse. Dans le ventre de l'oubli, Kiwé et les différents acteurs du périple du désert. Floriane et Ôssato s'envoleraient pour le Canada à bord d'un vol régulier, après une escale à Paris.

C'est avec une voiture de location qu'ils retournèrent à Soki où ils séjournèrent quarante-huit heures. Ôssato laissa le soin à sa femme de donner les raisons de leur présence dans cette belle petite cité du Centre-Ouest de la Côte d'Ivoire.

C'est avec la bénédiction de Monique et Atchèley Djèlè que le couple regagna les bords de la lagune Ébrié.

Chapitre 19

L'avion les conduisant au Canada décolla, laissant derrière lui les parents de Floriane, ainsi que Lucie et Maurice Pécheral. Comme cadeau de départ, Maurice Pécheral leur avait offert un voyage en classe affaires. Floriane, qui avait l'habitude de prendre l'avion, expliqua à son conjoint l'importance du geste de Blofouè Maurice.

Ils atterrirent à Montréal où ils furent accueillis par un neveu de Blofouè Maurice.

Pour Ôssato, Montréal, c'étaient les Jeux olympiques de 1976 ; c'était la gymnaste Nadia Comãneci, cette petite Roumaine d'à peine quinze ans qui avait éclaboussé les jeux de toute sa classe en obtenant la note 10, décernée pour la première fois à un athlète dans une compétition officielle.

Montréal, c'était aussi le fameux discours du général de Gaulle prononcé le 24 juillet 1967. « Vive le Québec libre » lui vrillait encore les oreilles, ou du moins les commentaires qu'en avaient fait, à l'époque, l'aîné de ses frères alors étudiant et son groupe d'amis.

Comment le chef de l'État français pouvait-il crier la liberté pour la province d'un État fédéral ? De quelle liberté parlait-il ? Était-ce une façon de dire aux Canadiens francophones que la France ne les oubliait pas ? La discussion entre Zika Djèlè et ses amis était très animée et semblait passionnante. Ôssato n'en rata pas une miette. Cette année 1967, la France et de Gaulle étaient sur tous les fronts. Il criait la liberté du Québec d'un côté et soutenait en Afrique la sécession de la province du Biafra au Nigéria.

La déclaration « Vive le Québec libre » n'engendra aucune conséquence grave, en dehors de quelques gesticulations du gouvernement fédéral canadien ; la guerre du Biafra, cependant, dura trois ans et généra la destruction de biens et des millions de morts. Si l'origine de cette guerre est attribuée au massacre de milliers d'Igbos, peuple du sud-est du Nigéria majoritairement chrétien, par les haoussas, en grand nombre musulmans, l'interférence des puissances étrangères l'envenima.

Les premières prises de conscience des réalités scabreuses du monde par le jeune Ôssato eurent lieu à cette époque.

Les années défilèrent dans une atmosphère studieuse. Comme pour tourner le dos à ses printemps de jeunesse agitée, Ôssato se consacra entièrement et exclusivement à ses études et obtint, sans difficulté majeure, son baccalauréat en mathématique et son diplôme d'ingénieur en génie mécanique. Après un baccalauréat en biologie, Floriane s'inscrivit à la faculté de médecine.

— Me voilà médecin. Quelle est la prochaine étape ?

— Je suggère que nous passions deux ou trois années supplémentaires ici, au Canada. Nous pourrions travailler. Dans l'intervalle, nos dossiers de demande de nationalité canadienne auront abouti. Qu'en penses-tu ?

— Je suis entièrement d'accord, à condition que tu me promettes de formuler auprès du juge une demande de libération, ne serait-ce que conditionnelle, car je me suis crue en prison durant toutes ces années de nos études. Nous avons mis nos vies entre parenthèses.

— J'avoue que je n'ai pas senti le poids de nos chaînes. Tu étais à mes côtés. Que pouvais-je vouloir d'autre ? Ta présence et nos échanges quotidiens le soir m'ont suffi et permis de garder les yeux sur le guidon. Nous irons vivre l'ambiance du célèbre Balattou au boulevard Saint-Laurent, avec des amis et des compatriotes. On prendra aussi le temps de parcourir le pays et passer quelque temps à Toronto qui, à en croire mon ami Benjamin qui y a séjourné quelques mois, ressemblerait davantage à une ville américaine. Les Toronto Raptors participent à la NBA.

— Comment une équipe canadienne peut-elle participer à une ligue américaine ?

— Je n'ai pas d'explication unique à ce sujet, mais je pense que c'est juste une question de business. Ce serait la NBA qui aurait créé une franchise au Canada. Le cas n'est pas isolé. Les sportifs et équipes israéliens participent aux compétitions européennes, bien que leur pays soit situé au Moyen-Orient. Ici, ce sont des problèmes politiques. Israël et ses voisins sont en conflit depuis 1948, année de fondation de l'État hébreu.

Floriane et Ôssato Djèlè obtinrent la nationalité canadienne comme ils l'avaient souhaité. Ils étaient devenus ainsi des binationaux, bien que les lois de leur pays d'origine ne reconnaissent pas ce statut. La non-reconnaissance de ce statut par les textes de leur pays d'origine prêtait dans le meilleur des cas, à sourire, sinon frisait le ridicule. Tous ceux qui étaient nés avant 1960, année de la proclamation de l'indépendance de l'ancienne colonie française, pouvaient à tout moment réintégrer la nationalité française s'ils y avaient renoncé à un moment donné. La majorité des élites du pays avait la double nationalité. Et ces élites participaient à la vie politique, économique et sociale de leur pays. Aucun dossier de candidature à une quelconque élection n'était rejeté. Le candidat savait ne pas être en conformité avec un article de la loi, le juge constitutionnel le savait aussi. Chacun fermait les yeux puisque le juge lui-même était hors-jeu.

Floriane et Ôssato achetèrent un petit appartement de deux pièces à Montréal qu'ils mirent en location avant de parcourir quelques pays européens et asiatiques et finir leur circuit à Chicago où les attendait, depuis quelque temps déjà, Benjamin Pécheral, l'ami-frère du fils Djèlè.

Le fils de Blofouè Maurice s'était rendu à plusieurs reprises à Montréal, mais le couple Djèlè n'avait pu trouver un créneau dans son emploi du temps pour passer quelques jours avec lui à Chicago. L'heure était venue de retourner définitivement en Afrique, l'essentiel des objectifs qu'ils s'étaient fixés étant atteints. Ils n'achaleraient pas leur ami en passant quelques semaines avec lui. C'est lui qui le réclamait depuis fort longtemps.

Ils se retrouvèrent dans l'Illinois, à Chicago. Devenu un célèbre avocat à la fin de ses études, Benjamin Pécheral décida d'y monter un cabinet. Il reçut ses amis dans un vaste et luxueux appartement à Lincoln Square. Il avait épousé une jeune et élégante femme d'origine mexicaine.

— J'ai cru que vous n'alliez jamais venir nous voir. Je vous présente Maria, celle sans qui je ne serais pas, et William notre petit trésor. J'ai un peu honte de vous avouer que Maria est une collaboratrice que j'ai embauchée il y a à peine trois ans. J'ai craqué.

— Vous formez une belle petite famille. J'en suis heureux.

— Enfin, on se retrouve. J'espère que Floriane acceptera de te partager pour le temps que vous passerez avec nous. Je voudrais explicitement dire que j'espère qu'elle voudra bien nous laisser remonter notre rivière en amont. Mes brefs passages au Canada et votre volonté de ne pas lever le pied pour vivre un peu en dehors de vos études ne nous ont pas permis de convoquer notre passé.

— Je te laisserai ton frère, Benjamin. Ne te fais aucun souci là-dessus. J'en profiterai pour passer du temps avec Maria. Si cela peut même te faire plaisir, nous sortirons quelquefois avec William pour vous laisser seuls.

— Merci, Floriane, je suis comblé. Il faudra tout de même faire attention car notre héritier mérite tous les égards et William est impatient de le voir arriver. Au fait, est-ce pour bientôt ?

— Dans six semaines, a dit le docteur.

— Génial, tu vas donc accoucher à Chicago ? Six semaines, c'est court et il naîtra américain.

— Je ne crois pas qu'il puisse venir au monde ici. Flo veut accoucher avec sa mère à ses côtés, intervint Ôssato.

— Je suis désolé Floriane, ta mère t'assistera pour une deuxième grossesse. Des femmes se battent pour enfanter aux USA. Tu y es et tu veux retourner en Afrique à moins de six semaines de l'heureux événement ?

La tendance était de donner une seconde nationalité à son enfant qui allait naître. La nationalité d'un pays dominant, attribuée par le droit du sol, était choisie. Des couples des pays de l'Afrique subsaharienne privilégiaient les USA. Le quatorzième amendement de la constitution des États-Unis d'Amérique faisait citoyen américain toute personne née sur le sol du pays d'Abraham Lincoln.

Dans une Afrique instable, sujette aux humeurs de soldats se rêvant quotidiennement chefs d'État, posséder une double nationalité, dont celle de la plus grande puissance du monde, ne se refusait pas. Ôssato jugeait excessive cette fascination affichée avec ostentation par ceux qui portaient l'étiquette de pro-américain dans son pays.

L'Amérique s'était débarrassée de Jimmy Carter, au profit d'un acteur de cinéma de films de série B.

Ce chrétien baptiste pratiquant fut le dernier homme de paix parmi les présidents américains de la fin du XXᵉ siècle. Jimmy Carter signa les accords de Camp David en septembre 1978 avec le président égyptien Anouar El Sadate et le Premier ministre israélien, Menahem Begin.

Ils ne mettaient pas fin à la méfiance entre les Arabes et les juifs de cette région, mais ils tournaient la page douloureuse de la guerre des Six Jours de juin 1967 et de celle du Kippour de septembre 1973 qui laissèrent drames, meurtrissures et désolation parmi les peuples condamnés à vivre ensemble.

C'est la révolution iranienne de 1979 avec, à sa tête, l'Ayatollah Rouhollah Khomeini, sorti de son exil à Neauphle-le-Château en France, qui lui fit perdre les élections.

Ce religieux chiite intégriste et inflexible, qui fut brimé avec les siens par le Shah Mohammad Reza durant son long règne, préféra offrir la victoire aux élections américaines, à un adversaire dont il ignorait les ambitions vis-à-vis de son pays.

Le monde bascula avec l'arrivée de Ronald Reagan à la tête du plus puissant État du monde et de la prise du pouvoir au Royaume-Uni de celle qui fut surnommée la dame de fer.

Les autres dirigeants occidentaux avaient suivi, sans l'assumer publiquement pour certains, les politiques dictées par le couple infernal.

Libéralisation tous azimuts de l'économie, réduction drastique et sans concession de la part de l'État dans les domaines sociaux et économiques, relance de la course aux armements, invasion de la grenade, bombardement de la Libye, guerre des Malouines.

Margaret Thatcher laissa mourir le député Bobby Sands après 66 jours de grève de la faim, foulant au pied les revendications des nationalistes irlandais. Elle déstructura les syndicats de travailleurs et triompha de la longue grève des mineurs en 1984.

Elle couronna son œuvre en remettant les clés de l'économie et du pouvoir aux grandes puissances des finances en lançant des privatisations de tous les secteurs clés de la société du royaume. Londres devint une plate-forme financière.

Ronald Reagan et Margaret Thatcher installèrent un nouvel ordre mondial. Une place reine fut offerte à la bourse, le menu fretin réservé au rôle de l'État. La loi du plus fort prit le pas sur tout le reste.

L'épicentre des politiques économiques et sociales se déplaça au centre droit de l'échiquier national.

Des hommes et des femmes qui, hier, se battaient pour un monde social prenant en compte les aspirations de tous, en particulier des plus faibles, eurent honte de leur passé.

Des trotskistes, des marxistes, des maoïstes de la première heure devinrent les pires et piteux réactionnaires des temps modernes.

Des dirigeants préférèrent parler de « tournant de la rigueur » pour cacher leur incapacité à faire face à la violence de la politique libérale, nouvelle boussole de leurs homologues, et dissimuler la misère de leur pensée intellectuelle. Ils maquillèrent par quatre mots magiques le saut à pieds joints dans une jungle où ceux qui, après des décennies de souffrances, les avaient portés au pouvoir, perdraient leurs repères, leurs derniers espoirs en un monde fait pour l'homme.

L'Union des républiques socialistes soviétiques (URSS) chancelante, à l'agonie, ayant perdu toutes ses illusions ne pouvait plus réagir devant l'horizon monocolore du monde qui se dessinait. Mikhaïl Gorbatchev arrivera trop tard, en mars 1985, à la tête de ce géant. La perestroïka, politique économique et sociale de reconstruction, et la glasnost, politique de liberté d'expression, n'y changeront rien.

Comment en était-on arrivé à ce désastre ? L'idéal communiste, porteur d'une espérance nouvelle, avait pris ses quartiers chez des dictateurs qui l'étranglèrent avant de l'assassiner en semant la terreur par la destruction de millions de vies humaines.

Le rêve de femmes et d'hommes qui, à travers le monde, souhaitaient sortir du tunnel dans lequel les avait embarqués un capitalisme déshumanisant, se transformait en cauchemar.

Les détracteurs éternels de cet idéal ricanaient, heureux de pouvoir continuer d'exploiter la misère humaine sans être inquiétés.

La chute du mur de Berlin, le démembrement et l'éclatement de l'empire soviétique étaient, aux yeux d'Ôssato, des libertés retrouvées pour des millions d'hommes et de femmes qui marchaient depuis plus d'un demi-siècle dans les ténèbres. Le peuple allemand, qui avait souffert de la guerre, avait droit à son unité. Les enfants de l'ancien bloc de l'Est pouvaient naître sans craindre de se retrouver dans les goulags pour avoir exprimé une opinion.

Mais Ôssato savait que ces communistes d'un genre spécial avaient aidé à la libération de peuples du tiers monde. Ils avaient été aux côtés de ces peuples opprimés, exploités, dont les Occidentaux, défenseurs des droits de l'homme, niaient les droits élémentaires. Ceux de disposer de ses biens. De sa vie.

Le monde plongeait à nouveau dans la pensée unique. Le petit du Sud ne pouvait plus, à défaut de le menacer, faire le fier devant le puissant du Nord.

Comment l'Afrique aux jeunes économies balbutiantes pouvait-elle faire face à cette vague déferlante de l'économie libérale, dépossédant les États des biens communs, des outils essentiels à la survie du plus grand nombre ?

Ôssato donna son accord à l'obtention d'une double nationalité pour son futur enfant, mais cette Amérique lui donnait des migraines.

Son épouse ne cacha pas ses réticences.

— Je ne vais quand même pas rester des jours supplémentaires pour faire de notre enfant un Américain ?

— J'ai cru pouvoir utiliser cet argument pour vous avoir avec nous le plus longtemps possible, mais je pense que j'ai échoué. Cette méthode foireuse de vous retenir ici mise à part, pourquoi ta mère ne viendrait-elle pas à Chicago ?

Floriane avait compris que Benjamin n'était pas près de lâcher son ami-frère. Elle consentit à rester avec Maria et sa petite famille jusqu'à l'accouchement de leur fils.

Ainsi naquit Yolo Franklin Djèlè, au bord du lac Michigan, dans la troisième ville des États-Unis par sa population.

Chicago, c'était l'agent du trésor américain, l'inspecteur Eliot Ness qui, après un combat acharné contre la pègre, avait mis sous l'éteignoir le célèbre mafieux Al Capone. Chicago pour Ôssato, c'étaient Giacomo Colosimo, Johnny Torrio et Frankie Yale, les dieux de la prohibition et du crime.

Mais le nom de Chicago sera aussi connu à travers la planète entière grâce aux exploits de celui que beaucoup considèrent comme le plus grand basketteur de tous les temps, Mikael Jordan. L'homme aux six titres NBA. Celui qui révolutionna le basket le fit entrer dans des foyers qui jusque-là ne s'intéressaient pas au sport en général. Il restera pour toujours, aux yeux des spécialistes, le Pelé du basket.

MJ, comme on l'appelait aussi, édulcora avec ses coéquipiers Scottie Pipen, l'inséparable, B.J Armstrong, Horace Grant pour les trois premiers titres et le fantasque Dennis Rodman pour les trois derniers, l'image de Chicago.

Cinq mois déjà que la famille Djèlè était aux USA. Trois équipes de deux membres chacune fonctionnaient dans un climat de détente, de fraternité et d'amour. William ne quittait pas une seule minute Franklin Yolo pour qui les quatre adultes devaient acheter un jouet à chaque sortie. Maria et Floriane étaient devenues « mon pied, ton pied[8] » et laissaient les enfants aux hommes pour flâner à Wicker Park. Maria aimait particulièrement Wicker Park. L'ambiance très particulière de ce quartier où vivaient plusieurs minorités était unique. Tout étranger qui y posait le pied pour la première fois s'y sentait comme un poisson dans l'eau. De parents d'origine mixtèque, elle devisait de longues heures avec quelques membres de ce peuple mexicain.

Ôssato et Benjamin parcouraient les alentours de la ville, simplement heureux d'être ensemble, comme au temps de l'innocence, le temps où la responsabilité des manquements à certaines règles de la cité incombait aux parents, jugés non vigilants. Le temps où le souci du lendemain était à la charge

[8] Expression utilisée pour dire que deux êtres sont inséparables.

des parents. À eux l'insouciance et les parties de jeu aux temps infinis.

La seule soirée qui se termina avant d'avoir commencé fut celle où Maria et Benjamin invitèrent des amis cubains.

Les discussions à table prirent très rapidement un ton détestable. Les Cubains n'appréciant pas que Floriane et Ôssato trouvent des circonstances atténuantes à la gouvernance du Lider Maximo Fidel Castro. Le tombeur du dictateur Fulgencio Batista en 1959 était décrit comme un sanguinaire, un criminel sans foi ni loi. Il aurait transformé la belle île, paradisiaque sous Batista, en un enfer. Ces mots, ces phrases, ces réflexions choquèrent Floriane et Ôssato.

Floriane était remontée comme un ressort. Elle n'acceptait pas que l'histoire de Cuba soit réécrite sous ses yeux.

La Havane, sous Batista, était devenue la plaque tournante du cartel de la drogue, le paradis des casinos, des bordels où venaient se prélasser les hommes d'affaires américains. Les retombées financières revenant à la famille Batista et aux membres de son régime. Le peuple cubain végétant entre la misère et le risque de finir au cachot. La terreur que faisaient régner les hommes de Batista était à son paroxysme.

Le Lider Maximo Fidel Castro fut accueilli en héros et en libérateur par la majorité des Cubains à leur entrée à La Havane.

Même si elle admettait que le pouvoir castriste n'était pas sans reproche, Floriane rejetait en bloc les accusations véhémentes, et sans fondement à ses yeux, des réfugiés cubains.

Cuba sous Castro avait construit un système éducatif digne, formé des médecins performants, enviés dans de nombreux pays du monde. Mais Cuba était aussi, pour l'épouse du fils

Djèlè, les aides apportées aux pays qui luttèrent contre l'apartheid, ce système honni d'Afrique du Sud, qui enferma pendant vingt-sept ans Nelson Mandela et traita comme des sous-hommes des enfants, des femmes et des hommes parce que ceux-ci étaient noirs.

Elle mit en exergue le mérite du Lider Maximo Fidel Castro d'avoir tenu tête des décennies entières au puissant voisin. Comment expliquer alors qu'on décide de mettre sous embargo son pays parce qu'un homme veut rendre sa liberté à ses compatriotes ? Les dirigeants des pays occidentaux, qui n'avaient que les mots des droits de l'homme à la bouche, accompagnèrent sans coup férir les États-Unis d'Amérique dans leur volonté d'asphyxier Cuba, de rendre gorge au régime de Castro. Des décennies entières.

Parallèlement au blocus décrété et appliqué dans une rigueur sans faille, les États-Unis d'Amérique convoyèrent des opposants à Cuba pour assassiner Castro. Le régime dut faire face à des ennemis intérieurs entretenus par la plus grande puissance du monde. Comment peut-on s'atteler au développement du pays avec cette épée de Damoclès sur la tête ?

Malgré l'intervention de Benjamin qui tentait de temporiser les propos des uns et des autres, la soirée s'acheva dans des échanges houleux.

Cette soirée avait ravivé des souvenirs sur certains dirigeants dans le monde, qui furent traités de dictateurs. Floriane pensait plus particulièrement au premier dirigeant de la Guinée, Ahmed Sékou Touré. Elle savait le coût pour la jeune République de Guinée du fameux « Non » de 1958. Elle se disait que le jeune leader Thomas Sankara aurait aussi émargé dans les pages ouvertes aux dictateurs s'il avait triomphé de ses assassins en 1987.

Chapitre 20

L'avion qui les ramenait des USA était annoncé pour 18 heures GMT. Dès 14 heures, Akissi pressait déjà son mari de partir pour l'aéroport, excitée de revoir sa fille et de prendre dans ses bras son petit-fils. Malgré les hésitations de Jean-Pierre Loficial, ils prirent la route de l'aéroport. Il valait mieux attendre quelques heures dans le hall de l'aérogare que d'être bloqué dans des embouteillages générés par des conducteurs qui avaient eu leur permis sans avoir satisfait aux obligations de son obtention.

Maurice Pécheral avait battu le rappel des amis et connaissances. Les parents d'Ôssato avaient effectué le voyage pour accueillir leur fils et leur belle-fille, mais surtout leur petit-fils. Les frères et sœurs, les cousins et cousines d'Ôssato avaient fait le déplacement. Toute la famille maternelle de Floriane n'avait pas voulu se faire conter le moment.

Cela rappelait, à une moindre échelle, ces moments où tout le gouvernement ivoirien, tous les corps constitués et des populations nombreuses étaient mobilisés pour accueillir le président de la République après une longue absence du pays.

L'Afrique était ce continent où les présidents en exercice pouvaient se promener de longs mois, officiellement en repos, à l'étranger sans que quiconque au sein de la population s'en émeuve. Il fallait ensuite mettre entre parenthèses ses obligations du jour pour les accueillir en fanfare à leur retour.

Le grand cortège s'ébranla pour la nouvelle résidence que Floriane et Ôssato avaient fait acheter depuis le Canada.

Le riche paysan Sokié prit la parole et demanda à tous de se retirer pour permettre aux voyageurs de se reposer. Rendez-vous était donné pour le lendemain pour une célébration festive du retour de ses enfants. Seule Akissi Loficial resta avec le couple Djèlè et leur fils. Ôssato laissa son épouse dormir avec sa mère et alla se coucher dans la chambre de son fils en étalant un petit matelas par terre.

Les jardins de la résidence des époux Djèlè refusèrent du monde. Floriane, Ôssato et leur fils étaient inondés de présents. Le père d'Ôssato fit tuer un bœuf. On but et on mangea à satiété.

Celle qu'Ôssato appelait « la vraie vie » commençait. Maurice Pécheral avait, en amont, pris les choses en main. Ôssato se trouva à la tête d'un service du ministère de l'Industrie. Floriane se fit céder, à un coût presque dérisoire, le cabinet d'un médecin qui prenait sa retraite dans le quartier résidentiel le plus huppé de la capitale. Là où logeaient les pontes du pays.

Ôssato et Floriane avaient appris. Ils avaient parcouru le monde d'est en ouest, du nord au sud. Pris le temps de séjourner en Thaïlande, en Chine, en Australie, en Russie soviétique, en Allemagne, en France, en Angleterre, au Canada, aux États-Unis, à Cuba et au Brésil. Ils ne réfutaient pas la force de la lecture et des informations délivrées à forte dose par les médias.

Le voyage avorté de Lampedusa leur révéla l'abîme entre ce qu'ils pensaient savoir ou ce qu'on leur avait dit par les journaux et les livres et le contact avec le réel.

La décennie passée hors de leur pays fut salutaire.

Avoir passé quelques semaines, voire quelques mois dans un pays n'avaient pas fait d'eux des spécialistes des us et coutumes de celui-là. Mais c'était déjà mieux que des informations orientées, biaisées, fabriquées à souhait.

Les voilà pétris de connaissances, bardés de diplômes obtenus dans les grandes universités occidentales, imprégnés du quotidien des peuples au milieu desquels ils avaient vécu.

Et après ? « Oui, et après ? », disaient-ils d'une même voix.

Ôssato n'avait-il pas fièrement déclaré à son supérieur M. Belo qu'il allait se donner des outils pour participer au plus haut niveau à la transformation de son pays ? Au-delà de son physique de jeune mannequin, c'est cette volonté affichée, ce trait de caractère trempé qui avaient séduit la sublime Floriane.

Hier, la fougue et une dose d'insouciance de la jeunesse l'avaient installé dans la conviction de pouvoir renverser la table et tout reconstruire.

Il possédait aujourd'hui les armes dont il avait rêvé. Toutes les armes. Elles se révélaient, hélas, insuffisantes devant l'immensité de la tâche à accomplir.

L'Afrique, leur Afrique allait dans tous les sens.

Ici, un capitaine dirigeait le pays, là un sergent-chef était aux commandes et silence dans les rangs. Si tu avais le malheur de marcher dans leurs rêves, ton séjour sur la Terre des hommes prenait fin par un simple claquement de doigts.

Ici, des élites corrompues jusqu'à la moelle voyaient leur ventre et leurs comptes bancaires planqués à l'étranger grossir démesurément, tandis que les populations fouillaient leurs poubelles à la recherche d'un morceau de crevette qu'ils avaient jeté en rotant.

Là, des hommes et des femmes, au péril de leur vie, tentaient de déchirer le voile des ténèbres pour permettre au plus grand nombre de jouir du fruit de leurs terres. Des enfants d'Afrique, certes minoritaires, se battaient pour faire de leur continent le pôle de l'espoir de l'humanité.

Là où la France n'était qu'à sa cinquième République, en près de deux siècles, certains des pays à qui elle offrit l'indépendance en 1960 en étaient déjà à leur troisième ou quatrième République en un peu plus d'un demi-siècle. Les dirigeants fabriquaient les républiques au gré de leur volonté de demeurer à vie au pouvoir. Lorsque la constitution qu'ils avaient fait voter par référendum interdisait à tout individu de faire plus de deux mandats, ils en faisaient voter une nouvelle qui ouvrait la voie à une nouvelle république. Ils proclamaient alors sans rire qu'ils sollicitaient un premier mandat dans la nouvelle république. Les pays s'engouffraient ensuite dans des débats de constitutionnalistes sans fin. Ceux qui devaient dire le droit, siffler la fin du match, les éminents juristes, les docteurs et agrégés en droit, les professeurs émérites en droit constitutionnaliste, déployaient devant la nation, leurs désaccords.

Ils furent réveillés une nuit par des crépitements de balle. Des bruits d'armes lourdes. L'horreur.

— Que se passe-t-il, na Délei ?

— Je ne sais pas, mais ça ne sent pas bon. Les tirs ne s'arrêtent pas et la télévision passe les mêmes images en boucle.

— Mon Dieu ! Un coup d'État ?

— Sans doute, sans doute Flo. Va voir Yolo, s'il te plaît.

L'enfant était réveillé. Sa mère le prit dans ses bras et ils veillèrent tous les trois jusqu'au lever du jour.

Les radios étrangères annonçaient une tentative de coup d'État. L'armée loyaliste semblait résister aux rebelles. De larges fumées se dégageaient dans le ciel. Personne n'osait sortir de son domicile. Chacun attendait, tenaillé par l'angoisse, l'oreille collée sur le poste de radio, la fin des hostilités. De quel côté allait-elle pencher la balance ? Qui étaient ces rebelles ? D'où venaient-ils ? Quelles étaient leurs motivations ? Des questions qui ne trouveraient leurs réponses qu'à l'issue des combats.

À la fin de la journée, une radio étrangère annonça une accalmie et une fuite des rebelles vers le nord du pays. Les premiers bilans provisoires étaient terribles. Un des ministres les plus populaires, pilier du régime, avait été assassiné. Des officiers supérieurs de l'armée trouvèrent la mort sur le champ de bataille. Les corps d'un ancien président de la République et d'un célèbre musicien gisaient à terre, criblés de balles.

Les rebelles n'avaient pas réussi à prendre le pouvoir, mais ils n'avaient pas dit leur dernier mot. Ils reviendraient certainement achever leur œuvre. L'ex-colonisateur qui avait une base armée dans le pays demanda à ses militaires de s'interposer. Le pays était coupé en deux. Le nord aux rebelles et le sud aux loyalistes.

Des ballets diplomatiques interminables prirent le relais. Le pays, devenu Zébédie, accoucha d'un gouvernement d'union entre des rebelles soutenus par des puissances occidentales et les loyalistes. Ceux qui avaient pris l'épée contre la mère patrie furent mis sur le même pied d'égalité que les dirigeants élus démocratiquement.

Les fossoyeurs de la République demandèrent et obtinrent que leurs soldats soient intégrés dans l'armée régulière. Le président élu, qui fut maintenu à son poste par le jeu de négociations troubles, accéda à la requête pour la paix, dira-t-il. Les rebelles exigèrent de monter en grade. Ce qui fut fait. Des décrets furent pris qui transformèrent de simples soldats de rang en commandants et des sergents en colonels, sous le regard ébahi de ceux qui avaient régulièrement fait leurs classes et avaient fréquenté de prestigieuses écoles militaires en Occident.

Le pays était à l'envers. Les armes et un soutien non affiché publiquement des puissances d'argent avaient fait naître de nouveaux riches, de nouveaux rois.

Le coup de force ayant échoué, les vrais commanditaires restèrent tapis dans l'ombre. Ils envoyèrent à la table des différentes négociations des jeunes qui, désemparés et dépassés par les événements, faisaient suspendre les réunions pour leur passer des coups de fil afin de recevoir leurs ordres.

Ce pays, hier grande fierté des natifs de l'Afrique de l'Ouest, prit son ticket et embarqua dans le train des nations aux lendemains instables. Il devint la Zébédie, en proie aux injonctions des organisations dites internationales, tenues de main de maître par les puissants de ce monde. Seuls les intérêts des pays dominants dictaient les conduites à tenir dans les États dominés.

Il fallait reconstruire ce qui avait nécessité des décennies de dur labeur. La Zébédie venait de prendre dix ans de retard dans son développement. Elle se conformait aux normes en vigueur dans la sous-région. Tous ses voisins avaient connu au moins un coup d'État. Au Ghana, le panafricaniste Kwame Nkrumah était renversé en 1966 par le commandant Joseph Arthur

Ankrah. La même année, en Haute-Volta, le général Sangoulé Lamizana remplaçait Maurice Yaméogo contraint à la démission. Au Mali, l'ancien Soudan, le lieutenant Moussa Traoré chassait du pouvoir Modibo Keïta, défenseur acharné de l'unité africaine. Le général Lansana Conté succédait en 1984 au président Ahmed Sékou Touré décédé cette année-là. Fondé en 1822 et devenu la première république indépendante du continent africain, le Libéria a été dirigé pendant plus d'un siècle par les Afro-Américains. Le sergent-chef Samuel Doe mit fin à leur règne à la suite d'un coup d'État sanglant et bestial en avril 1980, au cours duquel le président William Tolbert et tout son gouvernement furent fusillés. D'autres militaires assassinèrent et exposèrent le corps mutilé du sergent-chef après l'avoir atrocement torturé.

La Zébédie manqua de peu d'ajouter son nom sur cette sinistre liste. Son coup d'État se mua en rébellion dont les chefs acceptèrent de partager le pouvoir avec le président élu deux ans auparavant.

Pourquoi avoir risqué sa vie dans le désert libyen, amassé tant de diplômes pour, au final, voir un analphabète diriger un ministère ?

Lorsque les peuples souffraient, criaient leur désespoir à leur Créateur et à tous leurs ancêtres, leur reprochant de les avoir abandonnés, agonisaient, aucun secours ne pointait à l'horizon. Leurs cris et pleurs se perdaient dans les vallées de la mort où les armées de la faucheuse fourbissaient des armes pour des ennemis sans armes, vaincus avant les batailles par la faim et la pauvreté.

Et quand ces populations, dans un ultime sursaut, découvraient la source de leurs malheurs et décidaient de mettre fin à leur calvaire, alors surgissaient les CDEAO, UA, ONU des machins, pour emprunter le mot au grand général, pour brandir des menaces, des condamnations. Le respect scrupuleux de la constitution était exigé. Texte que le dictateur déchu foula aux pieds à sa prise de pouvoir.

Toutes ces officines étaient un club d'autocrates, de tyrans, la main du diable pour Ôssato.

Floriane et son époux savaient que les diplômes ne conféraient pas une plus grande intelligence ou un meilleur discernement. Les parents d'Ôssato et la plupart des habitants de son village n'avaient pas mis le pied à l'école du blanc. La sagesse, le sens du devoir, le rapport à l'autre, la préservation de l'humain, de son environnement et de son avenir les habitaient malgré tout.

Le nouvel arrivant, au moyen de l'arme à feu, avait imposé sa force et décidé de drainer sa culture et sa civilisation pour préserver ses intérêts.

Le premier outil de la résistance était d'aller à la source du mal. Comment venir à bout d'un ennemi ou lutter à armes égales avec lui si on ignore son mode de vie ?

L'obtention des diplômes et la connaissance de la culture de cet étrange étranger étaient une condition nécessaire pour lui tenir tête et préserver les intérêts de leur pays.

Le bilan de leur long séjour passé hors du pays fut extraordinaire à leurs yeux. Les derniers restes d'un complexe qui pouvait encore subsister en eux s'évaporèrent.

Les chantres auto-proclamés de la démocratie, de la liberté, du discernement entre le bien et le mal étaient juste des vaniteux.

Ils étaient aussi polygames. Ils avaient des maîtresses et des amants. Des présidents qui se faisaient faire des fellations sous leur bureau. Des présidents qui avaient des foyers doubles. Des présidents ivrognes qui sombraient dans le sommeil lors des sommets de chefs d'État. Ils étaient aussi voleurs, mais surtout fourbes et cupides. Ils avaient aussi des mendiants et la pauvreté ravageait leurs rues. Ils avaient bâti des associations de crimes organisés. Ils ne connaissaient pas la jungle, ils étaient la jungle. Le plus fort écrasait le plus faible. Sans état d'âme.

Des individus au cortex déformé s'étaient hissés à la tête des États. Ils eurent un seul programme politique, une seule boussole, réduire la place de l'État, le déstructurer et le faire disparaître.

Les postes, la gestion des autoroutes, les hôpitaux, les chemins de fer, les banques, les grandes entreprises automobiles, la gestion de l'eau et de l'électricité furent cédés partiellement ou totalement aux groupes privés.

« L'État ne sait pas et ne peut pas gérer », leitmotiv des nouveaux agrégés d'économie oubliant que, pour ce qui est de la France, à la libération, devant le désastre économique et social du pays, les grandes entreprises furent nationalisées, c'est-à-dire confiées à… l'État.

Lorsqu'un outil de cet État si décrié, et qui, par définition, ne savait pas gérer, était florissant, les pantins au pouvoir s'empressaient de le vendre à leurs amis.

Une crise économique s'annonçait à l'horizon ? On s'abritait derrière l'État et on lui laissait le soin de remettre à flot les entreprises. Où étaient les actionnaires qui gagnaient en quelques minutes des millions de dollars ? Terrés dans les sous-sols de leur résidence au nombre de pièces incalculables.

Attendant que le cyclone passe, que le fameux État, vomi il y a quelques jours, redonne vie à leurs turpitudes.

Un président français avait dit à Dakar en juillet 2007, à l'université Cheikh-Anta-Diop, que l'homme africain n'était pas assez entré dans l'histoire.

Pour Ôssato et Floriane, réduire le discours du chef d'État français à cette phrase serait intellectuellement malhonnête. Il comportait des paragraphes qu'aucun nationaliste ou panafricaniste n'aurait reniés. Mais cette phrase à elle seule couvrait d'une ombre épaisse et opaque le reste du discours. Elle annihilait la quintessence du texte.

Ils avaient la conviction que le développement de leur continent passait par la déconstruction de ce type d'affirmation susceptible d'accroître le champ du complexe chez ceux qui n'avaient pas appris. Prononcer une telle phrase dans une enceinte qui porte le nom d'un des plus grands historiens du XXe siècle, un anthropologue dont les travaux font autorité, était tout simplement méconnaître l'histoire.

Ils savaient que, dans le fond, l'auteur de cette phrase polémique avait raison. L'Africain n'avait pas déporté des individus dans les champs de coton dans les Amériques, les traitant comme des bêtes sauvages. L'Africain n'avait colonisé personne. L'Africain n'avait pas suscité des guerres mondiales. Il n'avait pas déporté des millions d'hommes et de femmes dans les camps de la mort. L'Africain n'avait pas créé les goulags. Il n'était pas entré dans cette histoire-là et il ne pouvait pas y entrer. L'Africain était l'histoire. Son continent avait vu naître l'Homme, et si ce dernier devait disparaître, son dernier souffle se produirait sur ce continent.

Un autre dirigeant européen dira que la crise en Afrique est civilisationnelle. Ce dernier ajoutant que déverser des milliards dans le développement d'un pays où chaque femme avait six ou sept enfants reviendrait à fendre l'eau avec un couteau. Il en concluait que le premier défi, le premier mal auquel l'Afrique et ceux qui voudraient bien très généreusement l'aider devraient faire face se nommait la démographie.

Là encore, Floriane et Ôssato étaient déboussolés. L'auteur de ces réflexions avait, comme eux, fréquenté les grandes écoles et universités occidentales. Ils supposaient qu'il avait quand même pris le temps de connaître un peu la géographie de quelques pays dans le monde. À sa décharge, ceux qui avaient écrit le discours ne pouvaient pas être des analphabètes.

Comment pouvait-on, dans les milieux auto-proclamés éduqués et cultivés, soutenir une telle thèse ? Cette assertion martelée obéissait-elle à un autre agenda ?

La France compte environ 67 millions d'habitants pour une superficie de 643 801 km², soit environ 104 habitants au km².

L'Allemagne a une superficie de 357 386 km² pour une population d'environ 83 millions d'habitants, soit environ 232 habitants au km².

La Côte d'Ivoire affiche 322 462 km² pour une population de 26 millions d'habitants, soit environ 80 habitants au km².

Le Ghana compte 29 millions d'habitants pour une superficie de 238 540 km², soit 121 habitants au km².

Et enfin la République démocratique du Congo, ex-Zaïre s'étend sur une superficie de 2 345 410 km² pour une population estimée à 102 millions d'habitants, soit 43 habitants au km².

Après avoir exposé les chiffres, Floriane et Ôssato prirent la proportion par habitant de l'Allemagne pour la plaquer sur l'ex-Zaïre. Si la République démocratique du Congo avait compté 232 habitants au km², sa population aurait été d'environ 544 millions, c'est-à-dire plus d'un demi-milliard d'individus. Ce pays comptait environ 15 millions d'habitants en 1960 et 102 millions 60 ans plus tard, soit une variation de 5,8 %.

D'où viendrait donc le danger de la démographie ?

Floriane et Ôssato choisirent volontiers trois pays forestiers aux ressources minières gigantesques. Si ces ressources étaient gérées convenablement, exclusivement au service des populations, ces pays pourraient nourrir plus d'un milliard et demi de personnes.

Le chemin qui menait à l'abîme annoncé serait de l'ordre du mirage.

Les nouvelles conditions de vie en Zébédie avaient accru le nombre de patients de Floriane. Elle croulait sous le poids du travail, ce qui lui évitait de gamberger, de trop penser au train qui conduisait son peuple vers une direction inconnue.

Le ministère du Budget avait changé de tête. Cela n'affecta pas Ôssato. Maurice Pécheral avait pris sa retraite deux ans avant l'avènement de la Zébédie.

C'est à reculons que le père de Yolo se rendait à son bureau. Sans enthousiasme.

Comment aider Soki ? Que faire pour sortir son peuple et la Zébédie de l'entonnoir dans lequel l'association des nouveaux dirigeants l'enfermait, au préjudice des populations se sentant maudites ? Quel chemin pour l'Afrique, pris entre les tenailles des puissances étrangères décidées à la piller pour leurs intérêts et une partie non négligeable de ses enfants, esclaves mentaux, prêts à vendre les leurs pour quelques bouts de richesse ?

Les conférenciers africains qui pullulaient à travers le monde n'avaient pas de mots assez forts pour attribuer tous les maux de leur continent aux Occidentaux, à l'oligarchie financière internationale. Exclusivement.

Dix ans, vingt ans, trente ans, quarante ans, cinquante ans, c'est-à-dire un demi-siècle après l'indépendance de leurs pays, la source du mal n'avait pas varié.

Comment des élites successives qui savaient l'origine du mal de la terre de leurs ancêtres ne trouvaient-elles pas le remède pour l'éradiquer ? Comment ?

Ces brillants esprits qui, après s'être épongé le front, dénonçaient outrageusement la mainmise de l'étranger sur les richesses de leur pays ne proposaient pas de solutions pour éteindre le feu qui consumait leurs terres. Ils se satisfaisaient des applaudissements nourris des assistances qui les acclamaient debout. Réjouis, ils rangeaient leurs textes pour d'autres publics, d'autres ovations, d'autres satisfécits.

Elles savaient ces élites, fières de leurs titres de docteur es quelque chose que les modérateurs des débats, les chauffeurs de salle vociféraient avant leur prise de parole, que la scolopendre ne rentrait dans un mur que si celui-ci était fendillé.

Ces docteurs, ces honorables, terme utilisé pour désigner un député, ces ministres qui sillonnaient les salles de conférence des villes occidentales, oubliaient que l'étranger ne rentre dans la maison que si les propriétaires lui ouvrent la porte, sauf s'il le fait par effraction.

Exister par les titres obtenus sur les bancs de l'école suffisait à les combler. L'Afrique était le seul continent où, lorsqu'on avait été élu député, on mourait avec ce titre même si on avait perdu le mandat devant les électeurs. Un ancien ministre, un ex-député étaient présentés dans les réunions, dans les assemblées, dans les conférences comme un député, comme un ministre. « On va maintenant donner la parole au ministre janvier ». Le mot ancien n'existait pas dans le vocabulaire de ces milieux-là.

Les reines Abla Pokou, Soundiata Keïta, Samory Touré n'avaient pas fait l'école du blanc. Quel était le niveau d'étude de Marie Koré, de Thomas Sankara ? Ces femmes et ces hommes marquèrent l'histoire des peuples d'Afrique et de l'humanité. Ce ne sont pas les titres obtenus sur les bancs de l'école qui firent entrer Mahatma Gandhi et Nelson Mandela dans la postérité.

Était-ce l'étranger qui empêchait l'Africain de balayer devant sa porte ?

Était-ce l'étranger qui obligeait l'Africain à jeter des déchets dans les caniveaux bouchant ceux-ci et donnant l'occasion aux eaux de pluie d'envahir les maisons et de causer des dégâts ?

Était-ce l'étranger qui empêchait l'Africain de boucher les nids de poule de ses rues ne serait-ce qu'avec du gravier, s'il n'avait pas les moyens de s'offrir du goudron ?

Était-ce l'étranger qui forçait l'Africain à détourner les deniers publics ?

Était-ce l'étranger qui faisait arriver l'Africain à 17 heures à une réunion fixée à 14 heures ? Pour espérer une présence significative de personnes autour de 16 heures, certains responsables d'associations ne se contraignaient-ils pas à fixer les heures de réunion à midi ?

Était-ce l'étranger qui astreignait l'Africain à quitter ses bureaux le jeudi soir ou, au mieux, le vendredi matin, pour n'y réapparaître dans le meilleur des cas que le mardi matin ? Les justifications farfelues étaient qu'il se rendait dans son village pour résoudre des problèmes familiaux.

Était-ce l'étranger qui obligeait l'Africain de certains pays du continent à envoyer systématiquement ses morts à la morgue et à ne les récupérer que quelques mois plus tard ? Un homme politique ou une personne jugée importante n'étaient jamais enterrés en moins de 5 mois après sa mort. Le responsable d'une compagnie de transport en Zébédie fut enterré plus d'un an après sa mort, avec son épouse qui décéda quelques mois plus tard, alors que son corps était encore à la morgue.

D'où venait l'argent de ce fonctionnaire qui, avec un salaire de quelques centaines de milliers de francs CFA, s'achetait des voitures de luxe, en offrait à des maîtresses, faisait sortir du sol des immeubles ?

La part de l'étranger dans la paupérisation des populations africaines était notoire. Elle était écrite dans les livres transmis aux premiers dirigeants africains par l'ex-colonisateur au moment où il octroyait l'indépendance à ces anciennes colonies.

« Chers enfants, le temps est venu pour nous de nous débarrasser de certaines tâches qui nous pèsent. Vous allez devoir, de façon autonome, prendre en main une partie de votre destinée. Nous garderons une partie substantielle des revenus des ressources de votre sol et de votre sous-sol. Il vous appartiendra de gérer, à votre guise, le reste. »

La gestion calamiteuse de ce reste entraîna la pauvreté du plus grand nombre.

Ailleurs, lorsque des Africains, courageux, boutèrent hors de leur maison le colonisateur avec son discours paternaliste et infantilisant, et fermèrent à double tour la porte de leur maison, il se trouva d'autres frères africains pour dérober les clés et ouvrir nuitamment cette porte à celui qui, hier, les avaient maintenus dans une situation de dominés.

La scolopendre ne rentre dans le mur que si celui-ci est fendillé. L'accaparement par une minorité des biens du pays, l'entretien des filières de corruption et de la gabegie ne pouvaient que nuire au développement de l'Afrique.

Chapitre 21

Sonnés par les événements qui avaient transformé leur pays en Zébédie, Floriane, Ôssato et leur fils s'envolèrent pour six semaines de vacances dans les Caraïbes, en Guadeloupe, loin des bruits des chauffeurs de taxi de la capitale.

Ils découvrirent une île d'une immense beauté. Ôssato fut surpris d'y découvrir une flore qui avait longtemps disparu dans son pays.

Lui, l'enfant de la forêt, ne cachait pas ses émotions à la vue de cette nature. Des plantes, des fruits, des fleurs de sa tendre jeunesse s'invitaient partout.

Il avait lu qu'il n'y avait pas de serpent en Guadeloupe. Pour ne pas mettre la vie de sa femme et de son fils en danger en parcourant l'immense forêt de Basse-Terre, il se rendit chez un vieil habitant pour en avoir le cœur net.

Il y avait bien une espèce sur l'île, mais elle était inoffensive.

La pointe des châteaux en Grande-Terre, les chutes du Carbet et le Grand Étang, cet immense lac naturel situé en pleine forêt, à Basse-Terre, un régal pour les yeux et des images inoubliables.

Après une dizaine de jours sur la grande île, la famille Djèlè rallia Marie-Galante la magnifique, celle que chanta un natif de la région.

Les plages au sable fin de Saint-Louis et de Capesterre, caressées par la mer des Caraïbes, donnaient l'illusion de l'éternité.

L'un des plus beaux bijoux de l'île, Gueule Grand Gouffre, attendait le visiteur qui n'osait pas l'approcher de peur de chuter d'une soixantaine de mètres dans l'océan. Une grande bouche ouverte sur le ciel, fruit des aléas climatiques.

Le Château Murat, à quelques centaines de mètres de Grand-Bourg, principale ville de l'île, plongeait l'étranger dans les cavités abyssales de l'histoire.

La vue de la maison des maîtres, des cases à nègres, des moulins à vent et à bêtes plongea Ôssato et Floriane dans ce passé violent où les leurs furent déportés et connurent les pires exactions de la bêtise humaine.

Ce lieu qu'ils visitaient avait abrité des centaines d'esclaves, des hommes et des femmes qui avaient survécu aux humiliations, aux brimades, au fouet et à la sauvagerie de véritables sauvages, triomphateurs parce que détenteurs de l'arme à feu.

Le Festival Créole Blues, rebaptisé Terre de Blues à la suite de dissensions entre les membres fondateurs, se déroulait, heureuse coïncidence, pendant les vacances de la famille Djèlè.

Ce festival de musique réunissait chaque année des artistes américains, africains et caribéens sur les terres du Château Murat.

Ôssato, Floriane et Yolo passèrent trois soirées mémorables au cours desquelles tous les genres de musique défilèrent sur le grand podium.

Ôssato approcha et échangea quelques mots avec Rodha Scott, la femme de rêve de son enfance, invitée vedette du festival. Son physique avait subi le poids des ans, mais elle était restée belle. Elle offrit des moments somptueux au large public venu assister au festival.

Au cours de leurs différents séjours dans différents pays, Ôssato et Floriane avaient rencontré des noirs en France, au Royaume-Uni, au Canada. Ceux-ci étaient des immigrés ou des descendants d'immigrés. Aux États-Unis, ils côtoyèrent d'autres noirs dont beaucoup étaient des descendants d'esclaves. Mais l'Afrique était si loin. L'écrasante majorité se sentait et était américaine, loin des idées de Marcus Garvey. Une part non négligeable d'entre eux ignorait l'existence de William Edward du Bois.

La stupéfaction d'Ôssato et de Floriane fut grande de constater que les Antillais qu'ils avaient l'opportunité de rencontrer se classaient en quatre catégories.

La première, la plus importante, ne connaissait ni l'Afrique ni les Africains. La deuxième ne voulait pas connaître l'Afrique et être qualifié d'Africain relevait d'une insulte à son égard. La troisième couche, formée par une minorité d'individus, revendiquait ses origines africaines, organisait des semaines culturelles faites de conférences multiples et de débats, d'expositions d'art africain, de projection de films retraçant l'histoire de leurs ancêtres.

Enfin, la dernière et non des moindres de ces divisions disait être le confluent de plusieurs peuples. À ce titre, elle n'était pas plus africaine qu'autre chose. Elle mettait en avant son identité caribéenne, la seule qu'elle revendiquait et assumait.

Comment être africain pouvait-il être une insulte ? Le dévoiement de sa personnalité ?

Les individus de la deuxième division avaient perdu leurs repères. Le maître esclavagiste avait réussi à les couper de leurs origines. Avec brio, il les avait conduits à détester la couleur de leur peau, à se haïr inconsciemment. Pour ces gens-là, les Africains vivaient dans des branches. L'Afrique était synonyme de guerres, de pauvreté, de misère. La route, la voiture, l'école et l'hôpital n'y existaient pas. Comment accepter dans ces conditions d'être Africains ou descendants d'Africains ? Un postier, un chauffeur de bus, dans ce milieu-là, se sentait supérieur à un Africain médecin, au-dessus d'un Africain professeur d'université ou ingénieur des mines.

Malade, l'homme ou la femme de cette catégorie se confierait plus volontiers à un aide-soignant blanc que d'ouvrir la porte du cabinet d'un brillant médecin noir venu d'Afrique. Les parents de cette division choisiraient de laisser l'éducation de leur enfant à un blanc qui aurait eu toutes les peines du monde pour obtenir son CAP de menuiserie plutôt que de le voir dans la classe d'un professeur titulaire africain.

Ôssato se souvint que ces tristes comportements se voyaient aussi en Afrique. Il était courant qu'à la rentrée des classes des parents africains noirs se précipitent dans les bureaux des proviseurs des lycées ou des principaux des collèges pour exiger que leurs enfants ne soient pas enseignés par des noirs. Même si, et c'était toujours le cas, le collègue blanc du professeur noir que l'élève devait fuir comme la peste n'avait pas les diplômes requis pour exercer le métier pour lequel il était grassement rétribué.

Ôssato apprit que les gouvernements successifs français menaient des politiques pour maintenir économiquement en infériorité les noirs des îles par rapport aux blancs appelés Békés, dont l'un des plus illustres fut Saint-John Perse.

La grève générale menée par le syndicat LKP en Guadeloupe, avec à sa tête le bouillant Élie Domota, ne modifia pas le rapport des forces.

La majorité des jeunes Antillais quittaient leurs îles pour poursuivre des études en France hexagonale. Très peu y retournaient. Une élue martiniquaise déclara que 60 % des jeunes médecins martiniquais formés dans l'hexagone ne retournaient pas en Martinique.

À Tivoly, quartier de Grand-Bourg à Marie-Galante, la moyenne d'âge de la population devait être de soixante ans. Ceux qui partaient ne revenaient pas. Quel serait l'avenir d'une île où ne vivraient pratiquement que des personnes âgées ? Ôssato posa cette question à une élue politique de l'île. Celle-ci leva les yeux au ciel et formula : « Seul celui qui est là-haut le sait. » L'époux de Floriane comprit qu'aucune politique n'était entreprise pour arrêter l'hémorragie. Il fallait s'en remettre à Dieu qui, dans sa divine bonté, sauverait l'île.

Ces îles avaient des élus et des représentants de l'État. Que faisaient-ils pour les rendre attrayantes ? Avaient-ils seulement conscience que, sans le retour des jeunes qui ont appris, ces îles étaient condamnées à terme ?

Un détail non moins important avait attiré l'attention de Floriane et Ôssato. Une phrase sibylline lâchée par l'élue. Le préfet, le directeur de l'hôpital, le patron de la police, celui de la gendarmerie et de tout organisme ayant un pouvoir réel de décision étaient tous des blancs. À quoi cela obéissait-il ? N'y avait-il pas de Français antillais noir capable d'assumer les charges d'un des postes qu'on pourrait qualifier de régalien dans ces îles ?

C'est avec toutes ces questions en tête que Floriane et sa petite famille quittèrent l'île papillon, vraie merveille de la nature.

Chapitre 22

Ils profitèrent de leur dernière semaine de congés pour emmener Yolo à Soki où sa grand-mère le réclamait depuis fort longtemps.

— Flo ?

— Oui, na Délei ?

— Je voudrais te présenter demain à un vieil ami. Avec mes parents et Maurice Pécheral, il constitue le socle de ma vie. Depuis mon adolescence, je n'ai jamais entrepris une quelconque action sans son avis.

— Pourquoi ne me l'as-tu pas présenté lors de notre mariage ? Avait-il voyagé ? Pourquoi n'ai-je jamais entendu parler de lui ?

— J'ai longtemps hésité. Il ne pouvait pas être à notre mariage. Mes parents ignorent son existence.

— Un fantôme ? Tu me fais peur, na Délei.

— Une vieille tortue mâle.

— Est-ce le nom que tu donnes à un habitant de Soki dont tu caches les amitiés à tes parents ? Et pour quelle raison ?

— Non, Flo. Et c'est la crainte de ce type de réaction qui m'a muré dans mon silence. Je sais que nul ne peut croire en l'amitié d'un humain avec un animal sauvage. On peut entretenir des liens très forts avec son chien ou son chat. Lui parler, lui donner des ordres, dormir parfois avec. J'espère que tu ne me jugeras pas et ne me regarderas pas autrement en découvrant ce pan de ma vie. Je ne pouvais pas porter éternellement ce secret. Te cacher cet autre versant de mon être me pesait. Je n'ai pas osé lui rendre visite lors de notre précédent séjour ici. Je n'étais pas prêt à répondre à tes questions.

Demain, tu viendras avec moi. Je m'arrangerai, comme par le passé, pour éviter la compagnie d'un Sokié. Est-il seulement en vie après tant d'années ?

La question posée avec une tristesse dans la voix fit comprendre à Floriane que son époux ne plaisantait pas. Mais comment pouvait-on entretenir des relations avec un animal sauvage ? Les échanges et la complicité avec les animaux domestiques étaient le fruit de longs moments passés ensemble. Des gestes acquis par habitude. Par quel moyen cet animal lui donnait-il son avis ? Et comment Ôssato sollicitait-il cet avis ? Floriane ne comprenait pas. Floriane ne pouvait pas comprendre.

— Je ne te cache pas, mon amour, que je suis troublée et un peu perdue. J'ai hâte d'être à demain.

— Je te comprends. Je le serais à ta place.

Ils se rendirent dans les champs avec les parents. Les explications de Gnian Monique relatives à la récolte du riz trouvaient très peu d'écho dans les oreilles de Floriane. Son esprit, toute sa pensée étaient absorbés par l'éventuelle rencontre avec le vieil ami de son époux. Ce fut la délivrance lorsque son mari dit à ses parents qu'ils allaient les précéder sur le chemin du retour.

— Voilà, nous y sommes. Nous devons écarter cette broussaille touffue pour accéder à la grotte d'Ôdjo Kolo.

— Nous n'avons même pas de bottes pour nous protéger d'une morsure de serpent. J'ai peur, na Délei.

— Nous n'avons pas le choix si nous voulons voir mon vieil ami. Et ne restons pas là car un Sokié qui reviendrait de ses champs trouverait notre comportement suspect. Les serpents s'attaquent rarement aux humains. Ils le font généralement par réaction. Lorsqu'ils se sentent menacés.

Ils passèrent le baobab et se retrouvèrent devant la grotte. Ôssato se mit à dire des mots et des phrases qui n'avaient aucun sens pour son épouse qui eut, un court instant, le sentiment que ce dernier délirait. Il n'y eut pas de réponse. Ôssato débroussailla dans l'angoisse une surface de deux mètres de diamètre pour mettre en évidence l'entrée de la grotte. Aucune présence d'Ôdjo Kolo. Il n'osait approcher la tête de l'entrée de la grotte. Un autre habitant pourrait y être et, se sentant en danger, l'attaquer.

Floriane réalisa que son mari était au bord des larmes. Voulant le prendre dans ses bras, elle sentit une forme sous le pied et poussa un cri.

Ôssato l'attira vers lui et se pencha. C'était Ôdjo Kolo, ou du moins ce qu'il en restait. Il était mort depuis sans doute quelques années. La carapace était pratiquement vide.

Ôssato s'assit sous le baobab et vida cette fois toutes les larmes de son corps, tenant la carapace de son vieil ami dans les mains. Les images défilaient dans sa tête. Leur première rencontre. Leurs longs échanges. Les leçons de vie qu'il reçut de cet être d'un autre monde. Les stratagèmes et les précautions pris pour éviter qu'il finisse dans les casseroles d'un Sokié.

Ôdjo Kolo, son vieil ami s'en était allé, sans un dernier au revoir. Par sa faute à lui, Ôssato.

Il regrettait de n'avoir pas eu le courage de le présenter à Floriane. Son vieil ami, la tortue mâle, avait sans doute choisi de mourir hors de sa grotte pour qu'Ôssato le retrouve et exauce son vœu.

Le fils Djèlè enleva le sable de la carapace et se leva.

— Il avait voulu qu'à sa mort, je garde sa carapace.

— Oui, na Délei, nous l'aurons avec nous à la maison. Il y a beaucoup de personnes qui ont des carapaces de tortues dans leur maison pour le décor. Les visiteurs le verront ainsi. Pour nous, mais surtout pour toi, il sera l'ami de toujours.

Floriane prit la main de son époux qui avait retrouvé ses esprits. Elle était dépassée par la situation. Mais, pour Ôssato, aucune barrière, aucun mur ne la retiendrait. Elle puiserait en elle toutes les ressources nécessaires pour soigner son moral, le rendre heureux. Le temps serait son allié pour que son mari lui explique dans les détails comment, et par quelle alchimie, il avait pu nouer des liens d'amitié avec un animal sauvage.

Quelques amis se moquèrent de lui lorsqu'il arriva au village avec la carapace de son ami entre ses mains. Ils étaient bien spéciaux, ces gens de la ville. Ils s'encombraient d'objets jugés inutiles.

Le bonheur de leur fils dans les bras de sa grand-mère fermait la porte à la mélancolie, donnait libre cours aux premières étincelles d'une vie nouvelle.

Quel pays ? Quelle terre allaient-ils laisser à leurs enfants ? Les incantations perpétuelles ne concouraient pas à l'avancement d'un pays.

« Chacun à son niveau devrait se sentir en mission pour les siens, pour sa terre, pour son pays », avait pilonné son père à la fin de chacune de leurs nombreuses discussions dans les champs.

Les habitants de Soki ne se firent pas prier pour répondre massivement à l'appel de l'un de leurs fils qui avait beaucoup appris chez les blancs et parcouru de nombreux pays à travers le monde. Ils étaient curieux et pressés de connaître le message dont il était porteur.

Ôssato se vêtit de ses plus beaux habits traditionnels et s'assit à la table de la réunion, entouré de deux de ses amis d'enfance.

— Mes chers parents, c'est un immense honneur pour moi de vous voir si nombreux. Chaque soir, il m'arrive de converser avec ceux et celles parmi vous qui viennent au domicile de mon père. Je ne vous ai pas appelés pour vous tenir un discours. Je veux qu'ensemble on s'interroge sur notre région, on jette un regard lucide sur notre monde qui se transforme à une vitesse incontrôlée sous nos yeux.

Le chef central prit la parole à la suite des propos liminaires d'Ôssato.

— Merci mon fils de nous convier aujourd'hui à une réflexion collective que j'espère productive. Tu es une de nos fiertés. Ta mémoire ne s'est pas effilochée. Tu nous rappelles ce qu'ont été nos pratiques, les pratiques de nos pères. Des modes de vie que nous avons, hélas, abandonnés.

Tous tes parents ici présents sont d'accord avec moi pour que je te redonne la parole.

— Merci Daydhè Ôssadjihey. Je pense que vous avez constaté comme moi qu'il y a de moins en moins de femmes et d'hommes qui soignent avec les plantes, les racines et les feuilles des arbres de nos forêts. Certes, certains guérisseurs sont morts. Mais la raison principale est la disparition lente, mais réelle, de nos forêts. Où est passé le Ghôda, cet immense arbre majestueux qui couvrait notre village principal de son ombre épaisse ? Ce protecteur qui semblait porter dans ses branches centenaires l'histoire de nos ancêtres ? Dôh, notre grand fleuve, a perdu de sa superbe. Les grandes rivières se sont rétrécies, les petites ont disparu. Lorsque nous avons une petite toux, un mal de gorge, le nez qui coule, une angine, un début de diarrhée, une petite blessure, où courons-nous ? Chez l'infirmier, chez le médecin. Les plantes et les racines qui soignaient ces maladies, freinaient l'écoulement du sang et stoppaient la montée du venin dans le corps à la suite de la morsure d'un serpent n'existent plus. J'ai appris que les récoltes de riz n'ont pas été bonnes cette année. Vous conviendrez avec moi que la grande saison de pluie a pris la place de la petite qui elle, a pratiquement disparu.

Des amis ont conclu à l'évolution normale de la nature. D'autres y ont vu la main des sorciers ou celle de Dieu.

Je voudrais vous dire que nous sommes les premiers responsables de la déstructuration de notre milieu.

Y a-t-il parmi nous quelqu'un qui aurait mangé dans les dernières années le soukouè, notre foutou à base de taro ?

Aucun doigt ne se leva de l'assemblée.

— Et pourquoi le taro est-il devenu si rare ? Parce qu'il avait besoin de beaucoup d'eau pour arriver à maturité. Les espaces pouvant servir pour la culture de cet aliment très apprécié ont disparu avec les petites rivières. Et si, par extraordinaire, nous arrivions à cultiver le taro, où trouverions-nous facilement le sihoco, nécessaire à la préparation de la sauce accompagnant le soukouè ?

Les enfants nés il y a une vingtaine d'années ne connaissent pas le shèmè, l'igname sauvage qui était l'élément principal de nos repas, le midi dans les champs. La sauce ticliti, fierté de notre peuple, qui accompagnait tous nos plats, ne se fait plus. Les feuilles nécessaires à sa conception font désormais partie de l'histoire.

Qui a fait tomber le légendaire Ghôda qui nous protégeait des rayons ardents du soleil ? Qui a fait abattre les grands arbres de nos forêts, les offrant à des ladres exploitants forestiers pour des sommes dérisoires ? Qui a saigné nos forêts, les brûlant chaque saison, ne leur laissant aucun répit ? Nous, seulement nous.

Où sont passés les cocotiers qui longeaient la route principale et sous lesquels, enfants, nous jouions ?

Plus de traces du Dagbomié sou, cet arbre majestueux dont le liquide des fruits lavait les yeux des impuretés de la journée, les préservant ainsi de toute infection.

Chers parents, vous devez revenir à ce qui a fait votre force. Il n'est pas encore tard. Vous devez réserver à la civilisation venue d'ailleurs la place qui doit être la sienne. Rejeter avec force tout ce qu'elle apporte de nuisible dans ses bagages.

Vous avez dû apprendre que j'ai fait labourer des hectares de brousse où mes employés et moi avons planté des arbres. Il m'est revenu que certains détracteurs de mon entreprise rient sous cape en disant qu'on ne mange pas des arbres. Ils peuvent tomber les masques et me le dire en face. Je partage pleinement leur avis. J'ajoute simplement que, hier, l'arbre nous a sauvés. Nous sommes condamnés si nous fermons les yeux sur la dégradation continue de notre milieu.

La grande ville située à une vingtaine de kilomètres d'ici s'appelle Lakota, déformation par le colon de Lô Kodha qui veut dire « les éléphants sont là ». Ces grands mammifères endommageaient régulièrement nos plantations, à la recherche des cœurs des bananiers. Qui a vu un éléphant ces dernières années ?

Enfants, nos parents nous envoyaient ramasser des champignons et des escargots. Aujourd'hui, il faut pénétrer ce qu'il reste de forêt classée pour cueillir des champignons. Quant aux escargots, quelques espèces ont été sauvées au moyen de l'élevage.

Nos sauces étaient agrémentées de chenilles que nous allions ramasser par grappes de jour et de nuit les arrachant à leur procession le long des troncs et des racines des arbres. Ces insectes, devenus de beaux papillons multicolores, embellissaient nos champs.

Où sont les antilopes, les pangolins, les hérissons, les toucans, les calaos, les écureuils ?

Ce n'est pas de la nostalgie qui me fait parler. Je veux que vous constatiez avec moi les conséquences des dégâts que nous avons causés à la nature.

En la détruisant, en ne faisant plus corps avec notre milieu, nous nous sommes fragilisés.

Il faisait si bon se reposer sous un arbre dans sa plantation. Aujourd'hui, les branches et les feuilles de l'arbre, s'il existe, ne nous protègent plus de la chaleur étouffante.

Alors, on me répond : le monde évolue, il faut s'adapter. Nos climatiseurs nous apportent la fraîcheur dont nous avons besoin. Mais pour combien de temps ? Et combien sont-ils parmi nous à disposer de ces appareils ?

J'invite chacun de vous à planter un arbre. Je vous supplie de ne plus faire couper ceux qui poussent ou qui nous restent.

Quelques amis et moi avons constitué une petite association qui viendrait en aide à toute personne démunie, qui se verrait dans l'obligation d'abîmer son milieu naturel. J'ai remarqué que les seuls engouements populaires ont lieu les dimanches, jours de match de football.

Les gestes de solidarité qui ont été le ciment de notre communauté n'accompagnent plus nos actions.

Notre habitat a considérablement changé. Des maisons faites de briques de ciment et couvertes de tôles ondulées poussent partout. Sans plafond, elles sont le réceptacle d'une chaleur étouffante qui détruit nos organismes.

D'où est venue l'idée qu'une maison faite de ciment et de tôles était synonyme de modernité, voire de développement ?

Hier, nos cases et nos maisons, bâties avec du banco et recouvertes de paille de raphia bien tissée, offraient tranquillité et douceur.

Où sont passées les soirées au cours desquelles nos meilleurs chanteurs rivalisaient de vocalises ? Que sont devenues ces compétitions d'awalé qui mettaient aux prises des femmes et des hommes aux stratégies édifiantes ?

Aux calendes grecques les grandes soirées de contes porteurs de messages et d'enseignement de la sagesse.

Quand j'étais enfant, un crieur matinal, sur ordre du chef du village, convoquait les populations à des réunions pour évoquer les problèmes généraux du moment. Hygiène du village. Entretien des chemins et voies menant aux champs. Aides à apporter aux habitants en difficulté. État des rapports avec l'administration. Problèmes divers.

Les réunions qui duraient des heures donnaient la possibilité à chacun et chacune de prendre la parole et donner son opinion. Le moins nanti, le handicapé, le jeune, le vieux, l'homme et la femme avaient le même temps de parole.

Pourquoi avons-nous piétiné tous ces fonctionnements ?

Ôssato marqua une pause, prit un verre d'eau et passa la parole à l'assistance. Des voix s'élevèrent pour le féliciter d'avoir suscité la rencontre du jour. Chacun y alla de ses raisons, des racines du mal qui ronge Soki. Après avoir écouté et épuisé la liste des intervenants, le chef central Ôssadjihey prit la parole.

— Merci mon fils. Je peux désormais mourir en paix, j'espère le plus tard possible. Je sais maintenant que Soki et les Sokiés ne disparaîtront pas. Que les dieux de nos ancêtres et notre Dieu créateur veillent sur toi pour servir demain la Zébédie.

Oui, nous sommes fautifs, nous avons manqué à nos devoirs, tourné le dos à nos responsabilités.

Notre première faute, c'est de vous avoir confié la destinée de notre communauté. Nous avions pensé, à tort avec le recul, que revenus avec le savoir acquis dans les écoles et les villes du blanc, vous nous auriez aidés à construire une société nouvelle sur les fondements de celle qui nous a vus naître.

Ce sont vous, nos enfants, qui avez érigé en modèle, le bâti en béton. C'est vous qui avez désorganisé notre tissu social. Ceux qui ont réussi parmi vous se sont barricadés avec leurs parents pour ne pas avoir à partager.

Qui a apporté une vie rythmée par les élections, divisant des familles, déchirant des amitiés vieilles de plusieurs décennies ? Vous.

Des tombes sont profanées dans les cimetières où sont extraits des squelettes de morts. Des corps de bébés sont retrouvés sans tête. Des animaux morts sont attachés aux grilles de portes. Des rites auxquels se livreraient des candidats aux élections à la demande de leurs féticheurs ou marabouts. Il paraît que vous appelez cela la démocratie. Ce serait, si on vous écoute, un des principaux outils au service de la liberté. Mais quelle liberté ?

Si la démocratie, ce nouveau dieu par lequel vous jurez avant votre petit-déjeuner, engendre des querelles, des bagarres et des morts, il faut fermer ses lieux de prières et le renier pour toujours.

Vous avez déserté le champ où chaque individu, produit d'une famille, se mettait au service des autres, de la communauté, de son pays.

Vous avez élu domicile dans les pâturages où l'individu est obsédé par le pouvoir et ses juteuses retombées. Une fois élu, vous ne pensez qu'au prochain mandat, afin d'exploiter sur une longue distance vos concitoyens. Piller sans scrupules les deniers de l'État. Le devenir de ceux qui, par leur bulletin de vote, vous ont faits rois est le cadet de vos soucis. En temps opportun, vous reviendrez frapper à leur porte avec des paroles mielleuses et quelques billets de banque pour les endormir et les tromper à nouveau.

Les prix de nos produits d'exportation s'effondrent sans que cela vous émeuve.

Vous êtes sourds à la détresse de ceux qui ont applaudi et dansé à votre naissance.

Oui, certains d'entre nous mettent à mal le milieu dans lequel ils vivent parce qu'ils sont dos au mur.

Comment payer la scolarité de son enfant ? Où trouver de l'argent pour faire face aux dépenses de santé pour sa femme malade ?

Nous attendons, mon fils, que vous vous ressaisissiez et que vous reveniez aux valeurs de vos ancêtres.

Je convoquerai les différents chefs et nous reprendrons en main le navire de Soki.

— À mon tour de vous dire merci. Daydhè Ôssadjihey, je demande votre clémence et votre pardon.

Je vous ai entendu. J'estime que nous, vos enfants, avons manqué et manquons à notre devoir. Nous ne devrions pas assister, les bras baissés, au délitement de nos sociétés. Nous ne devrions pas, les yeux fermés, les oreilles bouchées, occupés que nous soyons à nous enrichir individuellement, laisser nos terres, les terres de nos ancêtres, être dépouillées.

Nous ne devrions pas accepter la chute du coût des produits de nos terres.

Est-il normal que les prix de nos produits soient fixés dans des capitales où les gens n'ont jamais vu un grain de café ? Où les yeux ne se sont jamais ouverts sur la forme d'une fève de cacao ? Non.

Est-ce concevable que l'enfant africain, qui naît sur des terres qui regorgent de tous les minerais indispensables à la fabrication de tous les outils utiles au monde moderne, soit dans l'obligation de se jeter dans des mers au péril de sa vie, à la recherche de subsides pouvant le nourrir ? La conscience humaine répond non.

La liberté, la vraie, la dignité, la vraie sont les habits de l'individu maître de son quotidien, de sa vie.

Lorsque vous vous interrogez sur ce que nous avons appris dans les écoles où vous nous avez envoyés, vos questions sont légitimes, vos incompréhensions sont le reflet de nos comportements.

Certains parmi nous pensent encore aujourd'hui que nous sommes incapables de nous développer par nous-mêmes. Regardez le ballet nauséabond qu'ils offrent au monde à l'approche d'élections dans nos pays. Les présidents en exercice, les opposants prêts à leur ravir la place courent dans les capitales occidentales, font la queue devant les palais du pouvoir de l'ex-colonisateur d'hier, attendant fiévreusement que le maître veuille bien, dans sa magnanimité, les recevoir. Son onction sera cruciale pour demeurer à la tête de nos États ou pour conquérir le pouvoir.

Une petite photo sur le perron du palais et le futur candidat africain à l'élection à la tête de son propre pays rugira de plaisir, au summum de l'orgasme. Les campagnes électorales pour élire des présidents africains à la tête des États africains se font dans les capitales occidentales. Indignité. Déshonneur. Tristesse.

Nous ferons le tri dans le sac que nous avons apporté de l'Occident. Les textes qui régissent nos vies devront être adaptés à notre environnement.

Même si nous partageons le même village planétaire, nous ne baignons pas dans les mêmes réalités.

Le combat sera rude, mais nous le mènerons. Sans relâche, nous nous battrons pour faire triompher nos idéaux, construire un chemin pour chaque enfant qui naîtra sur cette terre d'Afrique. Je vous en fais la promesse. Nous sommes condamnés, sans esprit de revanche, sans animosité envers qui que ce soit, à libérer l'Afrique.

L'avenir et la survie de l'humanité en dépendent.

Floriane buvait les paroles de son mari. Plus que jamais, elle était fière de ce jeune homme qui avait bouleversé sa vie quelques années auparavant.

Sa conviction que les cartes pour développer la terre de leurs ancêtres étaient dans les mains des Africains se décupla.

Chapitre 23

Ôssato avait jugé incontournable l'obtention de diplômes universitaires pour se lancer dans l'arène politique. Il y avait perdu toutes ses illusions. Cette quête forcenée à la poursuite de son objectif avait surtout abîmé, ruiné l'innocence dans le désert libyen d'une femme qui avait tout abandonné pour lui. Ils s'étaient reconstruits, puis avaient fondé une belle et heureuse petite famille. Mais la corde de sa vie portait un nœud.

Cette plaie le rongeait lorsque des informations venues d'au-delà des océans annoncèrent l'assassinat d'un Afro-Américain, Georges Floyd, par un policier blanc. L'assassin du jour, sans doute familier des nuits de ténèbres du fameux Ku Klux Klan, avait étouffé le jeune noir américain en lui bloquant le cou avec son genou alors que ce dernier était maintenu à terre par ses collègues complices du meurtre.

C'était peut-être le centième meurtre de noir américain, sans doute le cent millième. Mais l'écrasante majorité des précédents s'étaient déroulés sans témoins, sans caméra. Le monde avait changé.

L'indignation fut totale mais timide en Afrique, terre des ancêtres de Georges Floyd.

L'Amérique du délirant Trump venait de connaître son énième assassinat d'un non-blanc. Où étaient passés les combats de Rosa Park, du pasteur Martin Luther King ? Qu'était-il resté de l'hymne contre la ségrégation de Billy Holliday ? Qu'était-il resté du geste mémorable des deux sprinters américains Tommie Smith et John Carlos aux Jeux olympiques de Mexico en 1968 ?

Notons au passage que ces deux athlètes furent immédiatement bannis du village olympique, leur titre n'a jamais été homologué. L'Australien Peter Norman, l'autre héros du podium, reçut un accueil glacial dans son pays avant qu'on ne l'empêche de participer aux Jeux olympiques de Munich. Décédé d'une crise cardiaque en 2006, il ne reçut pas, de la part de son pays, les honneurs dus à son rang. Tommie Smith et John Carlos firent le long voyage pour rendre hommage à leur frère.

Voilà des athlètes qui militaient pour un monde juste, un monde libre où on ne vivrait pas selon la couleur de sa peau. L'Amérique et la caste des bien-pensants tombèrent sur eux à bras raccourcis. Ils furent voués aux gémonies. Pas une voix essentielle ne s'éleva pour les défendre. Les Jeux se poursuivirent, débarrassés de gens qui dirigeaient nos yeux sur ce qu'on ne voulait pas voir. Même l'Afrique subsaharienne devenue indépendante depuis une décennie se mura dans un silence troublant. Elle avait accepté la déportation et l'esclavage de leurs ancêtres. Elle ne les connaissait pas.

Le geste historique de Tommie Smith et John Carlos arrivait au moment où l'Amérique s'enlisait au Vietnam, où le champion du monde de boxe des poids lourds, Mohamed Ali, refusait d'aller combattre. Une décision qui lui fera retirer son titre.

Il intervenait au moment où les mains du Mal assassinaient le 4 avril 1968 le pasteur Martin Luther King et ôtaient la vie au sénateur Robert Kennedy le 6 juin de la même année, membre de la célèbre famille qui œuvrait réellement pour les droits civiques des noirs.

Qu'était-il resté du passage à la Maison-Blanche d'un Américain à moitié Kenyan ?

Le meurtre de George Floyd ne laissa pas indifférents une grande partie des Américains. Des policiers blancs participèrent parfois aux marches organisées pour dire non à la violence contre les noirs. Certains, parmi eux, mirent un genou à terre, geste inoubliable du pasteur Luther King.

L'émotion gagna l'Europe dont la France.

Une manifestation interdite dite « Justice pour Adama Traoré » rassembla plus de 20 000 personnes.

Des débats, comme dans pareille situation, envahirent les plateaux de radios et de chaînes télévision. Les spécialistes occasionnels et les experts devant l'éternel furent invités pour éclairer les auditeurs et téléspectateurs qui ne seraient pas à même de comprendre ce qu'il se passait.

« La France n'est pas l'Amérique », belle trouvaille. Bien sûr que la France n'est pas l'Amérique. L'enfant qui a mis les pieds à l'école sait que la superficie de la France est de 632 734 km² contre 9 833 517 km² pour les États-Unis, soit environ 15 fois la France. La population de la France est de 67 848 156 habitants contre 328 239 523 pour les États-Unis, soit environ 5 fois la population française.

Non, la France n'était pas l'Amérique.

Et un président d'un parti de droite avait affirmé : « Des violences policières en France, ça n'existe pas ; en revanche, on a vu des violences de manifestants. » Et il avait ajouté : « Il y a du racisme en France contre lequel il faut lutter, mais on n'a pas une police raciste en France, ça n'existe pas. »

Le mouvement des gilets jaunes connut en son sein des personnes qui perdirent la vue, d'autres un pied, certains un bras… Cela s'était doute passé en Patagonie pour notre homme politique, qui aspire sans aucun doute à diriger un jour son pays.

On pourrait conseiller la relecture de l'*Essai sur l'inégalité des races humaines* du comte Arthur de Gobineau, probablement malien. Une œuvre, soit dit en passant, qui inspira entre autres un dictateur fou qui sema le désastre dans l'humanité en exterminant au moins six millions de juifs dont le seul crime était simplement d'être juifs.

Non, « la France n'est pas l'Amérique ». Mais si tu es un jeune noir et que tu sors de chez toi la peur au ventre, tu es moins dans le distinguo.

Il est fort regrettable que les projecteurs furent uniquement braqués sur la police. Il n'y a pas plus de personnes racistes dans la police que dans d'autres corps de métiers en France.

Et le monde des médias ? Et celui de la politique ? Et celui de l'économie ?

La police est juste le reflet de la société française.

Si la réalité est niée, on s'expose à un plus grand danger. C'est la loi inéluctable de l'histoire.

Les parents d'Ôssato lui avaient enseigné qu'il n'était supérieur à personne, mais qu'aucun être humain sur terre ne lui était non plus supérieur.

La trajectoire de sa vie lui avait fait rencontrer des personnes qui estimaient que la couleur de sa peau serait un handicap, un véritable frein à son évolution. Il en souriait. Les paroles de ses parents l'avaient blindé. Comme la goutte d'eau sur la feuille de jonc, ce type de réflexions lui glissaient sur la peau.

Il riait de ces hommes d'affaires richissimes qui, dans leur tour d'ivoire, donnaient le sentiment de ne plus appartenir au monde des humains. Il éprouvait presque de la peine pour ces politiques, au sommet des États, qui jouaient les matamores, bombaient le torse pour faire état de leur puissance dérisoire et éphémère. Les dictateurs qui, au sommet de leur gloire ombrageuse et minée, installaient la terreur et le désespoir dans les foyers de leurs concitoyens lui inspiraient de la pitié.

Dans son remarquable ouvrage *Les gens de peu*, l'anthropologue Pierre Sansot visitait le monde des gens qui avaient « en commun le goût des bonheurs simples ». Il était passé à côté d'un autre monde ou ne s'y était sans doute pas intéressé : celui « des gens de rien » dont on retrouvait les populations dans tous les coins et recoins de la planète entière.

Les politiques qui s'agrippaient aux ors de la république ne les voyaient pas. Aussitôt élus, ils n'avaient qu'une obsession : se préparer à se faire réélire.

Les puissances d'argent et leurs obligés, sportifs de haut niveau, mandarins des grands médias pour ne citer que ceux-là, n'avaient que faire de la misère du grand nombre.

Toutes ces femmes et tous ces hommes qui semblaient marcher sur l'eau riaient encore des malheurs de ceux qu'ils estimaient n'avoir pas su sécher leurs habits là où le soleil brillait, lorsqu'un virus fit son apparition en Chine.

« C'est juste un truc de Chinois », tonnèrent-ils d'une même voix.

Lorsque les premières victimes tombèrent hors de Chine, la portée et la dangerosité du virus furent relativisées. Face au nombre de plus en plus croissant de victimes, la panique s'empara de tous.

Un haut responsable à la tête d'une grande puissance martela une dizaine fois, sans doute pour ceux dont l'appareil auditif semblait défectueux, « Nous sommes en guerre ».

Ce petit virus allait voir ce qu'il allait voir. On ne provoquait pas impunément des fabricants et vendeurs d'armes. La riposte s'annonçait foudroyante et sans quartier.

Le peuple des gens de rien attendait que les dirigeants sortent les rafales, les chars de combat, l'arme nucléaire, pour débarrasser l'humanité de ce fléau. Que nenni !

Les gestes barrières furent énoncés, applicables à tous. Jeunes et vieux, pauvres et riches, dominants et dominés, puissants et faibles. Les frontières tombèrent. Le virus rappela à tous notre condition humaine. Il remit simplement l'église au centre du village.

Le peuple des gens de rien attendait que ceux qui tiennent les manettes du monde le sauvent. Que nenni !

On s'en remit à ceux et celles qui vivaient depuis un demi-siècle dans l'ingratitude de la société. Ceux et celles pour lesquels il fallait des dizaines de réunions syndicales, des manifestations hebdomadaires sans fin, pour décrocher une augmentation d'une vingtaine d'euros. Alors venaient pleurer sur les plateaux de radios et de télévisions, les spécialistes auto-proclamés de l'économie qui annonçaient la mort prochaine de l'État dont on venait d'alourdir les dettes.

Les soignants avaient été applaudis du haut des balcons et un peu partout au plus fort de la crise.

Après des tergiversations, des mensonges non voulus, des atermoiements et des errements coupables, le confinement s'imposa à tous.

Enfants, élèves et même étudiants, on nous avait seriné que la science était une matière à part. Réservée à l'élite qui pense, invente et construit. La science était le champ clos de l'exactitude, du rationnel, une fois mise à la disposition du grand public. Une fois sortie du domaine de l'interrogation, du doute, du questionnement, de la remise en question perpétuelle. Toutes ses vérités, assénées à coup d'équations complexes et de démonstrations presque lunaires, tombaient comme des châteaux de cartes sous nos yeux.

Des médecins et spécialistes, brevetés par des journalistes dont le niveau de culture avoisinait le néant, affirmèrent des choses et leur contraire, s'écharpèrent comme des chiffonniers sur les plateaux de télévision. Oubliant l'essentiel : les conséquences désastreuses du virus.

Où étaient passés ces génies créateurs, capables de vous fabriquer les armes destructrices de vies humaines en quelques secondes ?

Où se cachaient ces hommes et ces femmes qui, sans cligner de l'œil, avaient largué des bombes au Vietnam, détruit l'Irak sur la base de mensonges grossiers ?

Où se terraient ces hommes, sauveurs de la veuve et de l'orphelin, qui, sans avoir pris leur petit-déjeuner, volèrent au secours de populations de Benghazi qu'ils disaient en danger pour assassiner le président libyen, semant le chaos dans le pays et ouvrant la bonde à toutes les menaces pour toute une région ?

Ces êtres si forts, si prompts à décerner des brevets du bien et du mal à travers le monde étaient devenus muets.

Ceux qui avaient bâti une société faite d'injustices, où l'homme était devenu une variable d'ajustement, étaient des hommes.

Floriane et Ôssato disposaient des mêmes facultés physiques et intellectuelles.

Avec l'aide des femmes et des hommes qui, modestement et sans grand bruit, jour après jour, nuit après nuit, tissaient la toile d'une autre société, ils construiraient un monde d'êtres évolués, habités par le souci de vivre pour et avec les autres.

Les têtes et les bras de la destruction des milieux naturels pour les profits éphémères, de l'anéantissement des valeurs humaines avaient pris une longueur d'avance.

Mais Floriane et Ôssato savaient que seule la fin d'une course, d'un match désignait le vainqueur.

Imprimé en France
Achevé d'imprimer en janvier 2022
Dépôt légal : décembre 2021

Pour

Le Lys Bleu Éditions
40, rue du Louvre
75001 Paris